文學流域

秋之聲

陳義芝 編著

散文新四書

三民

散文新四書
編輯凡例

一、在文學中書寫人生境遇，中國古典文學傳統中不乏其例，宋朝詞人蔣捷的〈虞美人〉是一個代表，「少年聽雨歌樓上，紅燭昏羅帳；壯年聽雨客舟中，江闊雲低，斷雁叫西風；而今聽雨僧廬下，鬢已星星也」，辛棄疾也有類似的心情抒發，「少年不識愁滋味，愛上層樓。愛上層樓，為賦新詞強說愁。而今識盡愁滋味，欲說還休。欲說還休，卻道天涼好個秋」。

二、至於結合季節與人生感慨的詩句，在詩詞中是普遍的題材，自然界的變化就是人生的道理，如寫春天的「小樓一夜聽春雨」、「春風又綠江南岸」等；歌詠夏天的如「孟夏草木長，繞屋樹扶疏」、「綠樹陰濃夏日長，樓台倒影入池塘」、「綠槐高柳咽新蟬，薰風初入弦」等；藉秋天抒懷的如「懷君屬秋夜，散步詠涼天」、「空山新雨後，天氣晚來秋」、「秋風吹不盡，總是玉關情」、「戍鼓斷人行，邊秋一雁聲」等；書寫冬天的如「天時人事日相催，冬至陽生春又來」、「君自故鄉來，應知故鄉事。來日綺窗前，寒梅著花未？」

三、現代文學中的散文作品如何運用季節的意象來表現人生？「散文新四書」邀請名家執編，各書主編皆在大學院校任教，教授現代文學課程，並在文學創作方面卓有聲名，《春之華》由小說家林黛嫚主編，《夏之豔》由散文家周芬伶主編，《秋之聲》由詩人陳義芝主編，《冬之妍》由散文家廖玉蕙主編。

四、林黛嫚說，我們在春天歡笑，在春天哀傷，在春天沉思，在春天展翅，春天的澎湃活力，以及多樣面貌，如同童年、少年、青少年有那麼多揮霍不完的青春；周芬伶說，人生之夏，是生命力昂揚的時節，感覺變得敏銳，世界也對我們開展，夏日是屬於記憶的，叫人務必張大雙眼追尋它的熱與塵；陳義芝認為，最能激發人聯想，引動心思去遼遠的時間、空間之外盤旋的，就是意態豐富的秋天；廖玉蕙表示，冬天也可以既妍又麗，繽紛似剪，崢嶸如畫，莫道冬容憔悴。本系列文選每一篇都有一個洗滌人心的故事，可以單本閱讀，也可四本接續品賞。

五、每篇收錄文選中的作品皆由主編撰寫「作者簡介」及「作品導讀」，務期方便讀者欣賞、習作與研究。「作者簡介」除呈現作家生平概略與整體創作風貌之外，同時加入主編對作者的認識，提供讀者另一個親近作者的角度；「作品導讀」則除了深入淺出賞析文本，並從作者的寫作方法切入，讓讀者也可由此文本學習散文創作。

【序】

十二種秋天

陳義芝

人生的週期和季節一樣，自然界的變化就是人生的道理。中學以前的青少年約當四季裡的春天，從青少年到中老年就像從春到秋，不過是一轉眼間的事。春天，情感舒暢；夏天，心情鬱悶；秋天，心志高遠；冬天，思慮加深。這是古人已經說明的。置身於不同的環境氛圍，當然會產生不同的感覺；未曾經歷的環境氛圍，雖無法直接感動，經由想像也能生發相同興致。現在，讓我們仔細品味秋的意思！

李白說，「春陽如昨日」，「颯爾涼風吹」。彷彿昨日還是春陽煦煦的天氣，今日已綠草衰黃，吹起了蕭颯的涼風。秋，帶來生命的迫促感。

杜甫說，「叢菊兩開他日淚，孤舟一繫故園心」。菊花一年又一年在淚眼中開，回鄉的心緊緊縛住浪跡天涯的人。秋，又深刻反映羈旅作客的心情。

歐陽修細聽秋聲，進一步描寫秋天的色調、情態與意境：「其色慘淡，煙霏雲斂；其容清明，天高日晶；其氣慄冽，砭人肌骨；其意蕭條，山川寂寥。」這是中學生熟讀的〈秋聲賦〉。最能激發人聯想，引動心思去遼遠的時間、空間之外盤旋的，就是意態豐富的秋天！

這本小書可以搭配《春之華》、《夏之豔》、《冬之妍》一起讀，也可以單本讀，甚至單篇讀。星月皎潔，明河在天，每一篇都有一個洗滌人心的故事，而共同的特色是用秋光來描繪：

〈野地神父〉，描述一個微冷的早晨，在一寂寥的村子，有一位將祈禱聲化成一波波海浪的神父。

〈天涼〉中，詩人坐在書房看楊葉飄落，一面感觸新鮮的瓜果收穫，一面想像文學傳統對秋天的抒情。

〈造物不吾欺〉，追蹤一位忙碌教授的眼光，他走在校園，浪漫地看天空、看雲、看樹葉的變化，體會無喜無憂的心靈境界。

〈今夕何夕〉，呈現一個歸鄉之人的尋尋索索，極目空無人跡的曠野與丘陵頂端，在燦爛的星空下，猝不及防地失聲痛哭。

〈白夜〉，映照那位安靜、美麗又懷著一絲淡淡憂思的仕女，在北冰洋的輪船甲板上踱步，寂天寞地的冰山包圍著，黑夜似乎永不落幕。

〈熄燈〉中，聽著音樂獨自飲酒的人啊，乘著思緒的風，在心事的潮浪盪漾，化成千萬縷「放逐詩人」的魂魄。

〈遙遠的公路〉，伸展遼闊的北美地圖，一個現代浪子夜以繼日地奔馳，除了偶爾抵達，總是在路上，喝咖啡、加油。那是一種生活態度、價值觀。

〈小津安二郎之味〉，以沉靜的家居生活為背景，素筆勾描翻譯日文字幕的母親、常去日本料理店點餐的父親，吐露說不出的人生況味。

〈荷盡菊殘〉，最感人的畫面在送別退休的老教授，西風秋雨的氣氛裡，聽一位鬢髮半霜的老師長聲吟哦起東坡的詩。

〈最藍〉，教我們看到別人心裡的藍，也透露了自己心底的藍。淋著雨的玻璃帷幕大樓裡已有不少人生故事，更何況還有遠方的、古老的故事在電視裡播放出來。

〈直貢梯寺的天葬〉，聚焦於：揹屍的行列、天葬的山頭與山谷、漫天的鷹鷲拍翅，腥血與香息流盪，冷空氣與熱鼻息交流，死亡透過一雙年輕眼睛產生秋意。

〈劫〉，掃描斗室的修行人、燭光下的經書、遙遠的「祇樹給孤獨園」、大梵天，人的故事刻在黃色琉璃上。

十二篇秋天的文章不只是十二種秋天的意思。十二段秋天的人生，示範了十二種寫文章的方法。在時間的長流，秋風颯颯，你是不是也有幽幽照面的往事追憶，酬答知音的未來心曲！

散文新四書

秋之聲

目次

野地神父

陳列

看到他時而低頭
時而兩眼輕輕移動
看著在座的人們
或偶爾定定地凝視遠方。
四月早晨的陽光，
經由膠布遮棚的過濾之後，
輕輕地均勻落在他的臉龐和白色長袍上。

我開了近一個小時的車，然後彎過一座窄橋循著鄉道進入部落到達喪禮的場地時，告別式已經開始了。臨時的遮棚搭在路旁矮坡崁上的戶外小空地裡。大約二三十個人坐在棚下的塑膠椅子上，一起面對著一位外國神父，安安靜靜聽他講話。我在後頭要找個位子坐下來時，才忽然意識到，神父講的話，竟然，用的主要都是當地的原住民語。

我頗為訝異地，甚至帶著些驚喜的心情，一直望著他，看到他時而低頭時而兩眼輕輕移動看著在座的人們或偶爾定定地凝視遠方。四月早晨的陽光，經由膠布遮棚的過濾之後，輕輕地均勻落在他的臉龐和白色長袍上。他站立著的身影直挺挺的，背後是稍微下斜的多處狀似廢耕中的墾植地和其間錯落分布的一些低矮房舍。小山丘橫臥起伏在更遠處。一些浮雲也在他背後的藍天裡。沿著空地邊緣種植的一排茂盛綻開的孤挺花，或白或紅的兩種顏色，燦爛地點綴在他身旁。

神父說的話，可能包括讀經、祈禱、詠唱吧，使用的這裡的原住民語言，我完全聽不懂。但是從當中夾雜的一些普通話裡，我可以聽到天主、塵世、重聚、希望、相通、安慰之類的字眼，也約略推測他談到了死亡不能使我們分離或挫折的事。無非就是這一類的道理。他說話的語氣也顯得緩慢平淡，沒甚麼很大的揚抑波動。然而逐漸地我好像被他的話帶著走，覺得他那微微帶著異國口音的腔調，以及其中明顯跳躍著的一些他認真想要去發得準確的捲舌母音，整個的就像一首緩慢抒情的樂曲，音符乾淨卻又圓潤，而那旋律，時而反覆如賦格，彷彿來自遙遠的帶著溼意的曠野，然後飄洋過海，來到這個僻遠寂寥的山間小村子裡，在這個微冷的早晨，和晨光一起過濾之後，在我們這群相聚的人們當中和我們相伴，像海浪一波接著一波，安靜地洗著我們的身體。

我看到他高高的額頭上細細的汗珠在他低首抬頭之間閃爍著小小的亮光。

而我那一位喪父的原住民年輕朋友，這時坐在最前面的位子，也是時而低首時而抬頭看著神父。我從斜側面看過去，他的臉上似乎見不到我記憶裡的那種常喜歡自我調侃的嬉謔表情，但也好像沒顯出特別的哀傷，只有類似於某種野地裡的小動物有點迷惘地佇候著一場大風雨的來臨和結束時的神色。

——二〇〇七年九月號《新地文學》

作者簡介

陳列

本名陳瑞麟。一九四六年生，台灣嘉義人。淡江大學英文系畢業，曾任國中教師。一九六九年前往花蓮任教兩年後考取研究所，一九七一年就讀研究所時因組讀書會，受誣害而入獄，判有期徒刑四年八個月。出獄後從事翻譯與寫作，一九七九年以〈無怨〉獲得時報文學獎散文首獎，翌年以〈地上歲月〉再獲首獎；一九九〇年以《永遠的山》一書獲第十四屆時報文學獎推薦獎。他的作品具有沉思的深度，與溫厚的藝術特質，切近社會現實，卻能擺脫憤懣情緒，遠離囈語謊言。陳萬益教授認為，寫作是陳列自我修持的功課，讀者從中也能得到最大的慰安和喜悅。著有《永遠的山》、《地上歲月》等。

一九九〇年代開始，陳列同時投身政治工作，曾任第三屆國民大會代表、民主進步黨花蓮縣黨部主委，兩度參與花蓮市長與台灣省議員選舉。在朋友眼中，他是一位敦厚的文人，沒有交際手腕，並不適合在政治場中打滾。二〇〇六年，陳列在花蓮購買了一塊農地，蓋了一棟小屋，展開新的耕讀生涯。

作品導讀

洗滌人心的旋律

〈野地神父〉描寫在山地部落參加一個喪禮，聽神父用原住民語言追思、布道，從而感受到他飄洋過海將一生奉獻在此的精神。作者以乾淨而細膩的筆觸描寫所見所聞，沒有強加任何世俗觀念，人與人的貼心溫暖、神職的耕耘，如同音樂的浸潤、海浪的淘洗，產生一股安定人心的力量。

我們常問，文章如何生動？答案是：把現場帶到讀者眼前。本文一開筆就帶我們進到現場，而且場景不單調，先是窄橋，接著鄉道、部落，以至於喪禮的場地，是流動變化的。文章的本事是：神父主持一個朋友父親的告別式。要描繪外國神父，先得描繪在甚麼情境下看到他。那情境就是文學現場。作者彷彿手持攝影機，沉穩地掌鏡，從路旁矮坡崁上的遮棚、棚下二三十個人的視角看到本文主角——神父，再從神父的視角回看在座的人們。「神父偶爾定定地凝視遠方」，有凝視生命長路的意涵，也可以看作是伏筆，為第三段描述神父來自遙遠的國度，提供氛圍想像。運用多重視角，不但透過人的眼光，還借助陽光映照。第二段後半，陽光映照到神父臉龐、長袍和他背後的墾植地、房舍、藍天浮雲、孤挺花，鏡頭四方掃描，場景歷歷在目。

繼視覺表現之後，第三段是含括語音、語意、語氣、語調的聽覺表現，神父的話語像「抒情的樂曲」，「反覆如賦格」，聽者進入感受、想像的層次。賦格是音樂詞語 fugue 的直譯，用一個簡單的音樂主題起始，在兩個或更多的聲部中相互模仿、變化。此刻，神父的話如晨光般有過濾（洗滌人心）的作用，因神父的志業是潤澤的、寧靜的、厚實的、光輝的。這一段是本文最深刻最具情韻的一段。

第四、五段從想像神馳中回到現場神父額頭的汗珠、喪父者迷惘的神色。全篇文章筆調節制，沒有濫情的哀傷，而流露莊嚴的省思，這省思不僅在生與死的面對，更藉由神父獻身「野地」，引導人思索生命的價值。作者在結尾把人比擬成小動物，讓人性回到最原始的大自然，則〈野地神父〉又有天人合一的意旨。

天涼

楊牧

我推門走進後院，
坐在微涼的塑膠椅上，
靜靜看那含苞待放的叢菊，
太遙遠又太親近了，
彷彿霜後的黃花必然帶著淚，
也不是悲哀，
總是憤怒拼成了點點的淚。

前不久一個朋友對我說：「時間又快到了，上山採菇。」我有點驚訝，不太相信，因為採菇是深秋的事，在山後的野生松林裡。昨天教中世紀俄羅斯文學的韓涅散步經過我家，敲門來送一顆大瓠瓜。他也說秋天到了，菜園裡收成很好——他太太是專攻蒙古地理的學者，但因為是英國人，就喜歡在自己院子裡蒔花種菜。韓涅說：「我們都忙於採菇。」我說：「秋天真到了嗎？」他說：「快了，所以這個禮拜我們不太讀書，忙著到山裡去採菇！」

其實我老早就發現門前那幾棵參天的巨楊，有一天下午曾因為風來而飄下枯葉，其中至少一片也遠遠飛到我的走廊下；我開門將葉子撿起來端詳究竟，想參解其中的訊息，又似乎沒有甚麼訊息，遂將它擺在書架上，不久就綣成一團了。這些都是真的，老早就發生過了，雖然巨楊左邊那一排蒼松還篤定地維持著墨綠的色彩。夜裡我會聽見那些樹木鼓舞的聲音，嘩嘩然似海濤，奔騰而澎湃。從室內掀簾向外凝望的時候，天空一片黝黑，四顧無非幽暗，只有風濤一波一波湧起，像時間的脈搏，拍打著洪荒的岸，賦頑石以一些靈氣，就如此拍打著我沉悶的心血，激起無窮感慨。這是秋聲，我也就悚然遠嘆息：「胡為乎來哉？」

為了這個，我總是晚睡。常常過了子夜，當這整個山坡周圍再也沒有人走動，而遠方也不傳來任何車馬的聲響，我猶枯坐燈前，思索著，讓那有無之間的意識，大氣的魂魄，陪伴我，直到我沉悶的心血流動起來，隨那風濤的旋律活潑起來。我完全感觸到自己的存在，不是喜悅認知，是惋惜未識：時間在拍打我們的體格，侵蝕我們的精神，時間使我們疲憊，衰老。可是等到我再次驚起的時候，不免產生疑問：這莫不是宋玉蕭瑟憭慄之悲？不不，我寧可反覆提醒自己，這原來都是因為惜誦致愍，而我們到底必須和屈原一樣才好，因為我們總是這樣發憤以抒情。

早晨的院子裡露水特別重，其實是霜。楓葉紅了一大半。那天是我先看到葡萄已經結實纍纍了，爬滿了倚牆的架子，後來也是我第一個發現葡萄變紫了，可惜成熟的葡萄竟還那麼酸。我今天又摘下幾串，站在架子下試著，終於證明還是那麼酸。釀酒吧，我對自己說：這樣一架好葡萄樹，至少可以釀成一打純粹的葡萄酒。釀了葡萄酒我也不見得就吃葡萄酒，但那製造的過程是好的，可以讓我分心想些別的，然後還可以和朋友共享，以介眉壽，只要不整天為那些傳聞和謠言憂慮就好了。天下的大事要關心，世界上也還有許多沒甚麼價值的小事可以拿來消磨意志，休息一下你蠢蠢蠕動的精神。四鄰寂寂，他們大半都已將庭樹剪葺清楚，秋天似乎是到了，長短枝枒一綑一綑綁好，堆在籬下。右邊的老人也已經送了我們好幾次瓜果和番茄。秋天總是這樣的，在小小的這樣一個角落，安靜地，富庶地，人們分食各種新鮮的收穫。

不是宋玉蕭瑟憭慄之悲吧，不不，我這樣提醒著自己，是惜誦以致愍產生一種奇特的憤怒；但古來典型獨多，擇其一二已值得我們終生受用不盡，何累之有？我推門走進後院，坐在微涼的塑膠椅上，靜靜看那含苞待放的叢菊，太遙遠又太親近了，彷彿霜後的黃花必然帶著淚，也不是悲哀，總是憤怒拼成了點點的淚。眼前筆直飛來一隻黑色的大鳥，藏駐在生滿血紅樹子的山毛櫸上，輕呼著，那聲音憤怒以抒情，像是這麼無奈地重複著：欲說還休，欲說還休。

——《亭午之鷹》，洪範

作者簡介

楊牧

本名王靖獻。一九四〇年生，台灣花蓮人。二〇二〇年辭世，享壽八十歲。東海大學外文系畢業，美國愛荷華大學碩士、加州柏克萊大學博士。曾任中央研究院文哲所所長、東華大學文學院院長、美國華盛頓大學教授。現任政治大學台灣文學研究所講座教授、東華大學榮譽教授。著有散文集《柏克萊精神》、《年輪》、《搜索者》、《山風海雨》、《疑神》、《星圖》等十餘種，及詩集、戲劇、評論、翻譯、編纂等三十餘種。曾獲中山文藝獎及國家文藝獎。文筆融匯古今、中西，跨越詩文疆界，具有開創性，是一位典型的心靈搜索者。

作品導讀

憤怒以抒情

描寫秋天如果仍是從秋風起筆，較為一般，不能顯出新意。本文換成「採收蘑菇」的事，製造人情波盪，形成秋天究竟來了沒有的關注點。

第一段是實情，緊接著第二段寫實景，以門前巨楊飄下的落葉及風在林中鼓舞的聲音，帶出「風濤一波一波湧起，像時間的脈搏，拍打著洪荒的岸」的意象，這是對時間的感慨，一如歐陽修〈秋聲賦〉「胡為乎來哉？」的感慨。人生有無窮無盡的憂勞，生命必然從繁盛漸趨衰敗。歐陽修聽到秋聲而難眠，本文作者為了這「大氣的魂魄」也總是晚睡。他們都不是為了吟風弄月而「悲秋」，是心靈敏銳，為時間之流逝發出嘆息。

文章須從外景深入內心，才有動人情韻。《文心雕龍・神思》講到如何捕捉文學靈感，無非將虛靜空明的心靈安頓好。本文第三段正是這樣的「神思」工夫。內心與風雲並馳，所見所聞就不只是有形之象，而是無形的思想，所以作者會生出「這莫不是宋玉蕭瑟憭慄之悲」的疑問。宋玉是屈原之後一個以詞賦聞名的詩人，所作〈九辯〉一開始就說：「悲哉秋之為氣也，蕭瑟兮草木搖落而變衰，憭慄兮若在遠行……」

散文創作固然講究性靈，也要有學養、見識，能融入文化傳統，尋找到古代典型以印證自己的心思，「惜誦以致愍」出自屈原〈九章〉，意思是我吝惜發出歌功頌德的言詞因而招致憂困。本文作者（當時旅居海外）有何憂困？倒數第二段說他總是為一些傳聞和謠言憂慮，原來那是有關解嚴前台灣的傳聞、有關國際局勢的謠言。於是，鬱結的思緒有了屈原的生命情調。

第一段寫「秋天真到了嗎？」，第四段寫「秋天似乎是到了……」，作者的議論感懷十分節制，而且是出自於敘事寫景之中，不是憑空大放厥詞，葡萄釀酒既是有趣的生活插曲，也是襯映主題的秋景。

最後用菊花帶淚，以及黑鳥藏在山毛櫸的血紅樹子間的意象，形容「憤怒以抒情」的情境。黑色是憤怒，紅色是抒情，心理圖像十分鮮明。

造物不吾欺

何寄澎

無論春夏秋冬、
無論繁華慘澹，
只是依序進行，
準確無誤，
啟示我體認人事的短暫無常，
追尋無喜無懼、
無憂無恐的心靈境界。

我住的宿舍區，雖是三十年的老公寓，但林木蓊鬱，坐在書桌前，抬眼望去，即是一片參天的楓香，左邊還有一棵玉秀的松，其餘的空地上則長滿了欖仁、榕樹，以及一些不知名的植物。

平常的日子，我忙於各種各類的「正務」與「雜務」，早出晚歸，在研究室的時間遠比在家的時間長，是以很少注意這些植物的變化。這幾天，中秋已過，早晨起來，臨窗閱報，眼神偶爾飄到掃地的管理員身上，驀然發現，地上的落葉愈來愈多、落葉的枯黃愈來愈深，不知何時，竟能成堆成堆的聚攏於路旁，乃意識到季節真的已悄然遞轉。

然後我繼續發現：雲愈來愈白，天愈來愈高，而月愈來愈遠，卻愈來愈明；至於陽光，雖依然耀眼，但再也無夏日的熱度，你可以感覺到那種漸漸沉落的強弩之末；此外，只有在每年涼風起天末之後始翩然飛來的野鴿子，也開始出現在林中覓食；我又同時發現：原本鎮日穿梭跳躍於枝枒間的松鼠突然失去了蹤影；而細細的秋雨一陣陣的就在你睡夢中瀟瀟飄落，無聲無息。

我進一步觀察落葉的速度。不要看榕樹四季常青——它換衣的頻繁教人吃驚！而榕樹的增長也令人訝異——垂落近地，全如老者的枯鬚，透露衰弱的氣息；其次，松針大量掉落，厚度可以公分計，亦如老去之後，指爪輕易爬梳便沾了滿手的落髮；再來，便是欖仁的闊葉，往往落得你車窗遮半，拂之不去。獨獨例外的只有楓香以及前年手植的一株幼櫻，但它們的葉子也開始斑駁，布滿如蛀的傷痕，較諸已歸塵土的落葉，似乎透露更濃烈的殘敗。歐陽修〈秋聲賦〉有謂：「夫秋，刑官也，於時為陰；又兵象也，於行用金。是謂天地之義氣，常以肅殺而為心。」證諸我所見景象，信知其言不虛。

但肅殺之外，也不是沒有輝煌的風景：巷口一排台灣欒樹，在這個季節裡，黃蕊如串，串串相接，正兀自開花，展現它無限風華，增添了秋色的溫暖與明亮。

幾天來，我如是靜靜透過禽鳥花木、日月風雲的流轉，體會時序更迭，享受一種樸實無華的寧謐，感覺美好而充實。那是生命的忙碌中，必要的泊止與停憩。在過往歲月中，其實也曾有類似經驗，我知道那是宇宙自然所賜的恩典，讓我駐足觀察祂呈現的面貌變化——無論春夏秋冬、無論繁華慘澹，只是依序進行，準確無誤，啟示我體認人事的短暫無常，追尋無喜無懼、無憂無恐的心靈境界。但我這一次卻由衷而強烈的領悟到：世間唯一真實的只有自然；唯一不欺的也只有那孕育了自然的偉大造物者。垂首撫思近年周遭一切，竟都是假的；充斥著各式各樣的虛妄與欺罔。這社會早已隨政客、媒體，以及商人的任意操弄，墮落沉淪。想到這裡，我固然一方面慶幸自己還能從宇宙自然的變化中覓得真理的訊息；一方面則不免惶惑於面對所有紛亂顛撲之世事而無可如何！然而，我深信，前者的力量夠了；它足夠支撐我通過所有紛亂顛撲，去證明各式各樣的欺罔虛妄終歸是欺罔虛妄而已。

——二〇〇二年九月廿五日《聯合報．副刊》

作者簡介

何寄澎

一九五〇年生於台灣澎湖。輔仁大學中文系，台灣大學中文研究所碩士班、博士班畢業。一九八一年起任教於台灣大學中文系，歷任夜間部主任、學務長、台灣文學研究所所長、中文系主任等職，早年並有媒體編輯經驗，曾任《幼獅學誌》主編、幼獅文化公司總編譯、總編輯。主要研究範圍為中國古典散文、中國現代散文；於唐、宋古文及台灣當代散文尤有研究。著有《總是玉關情》、《落日照大旗》、《北宋的古文運動》、《唐宋古文新探》等書，編有《當代台灣文學評論大系》、《散文批評》等書。

近十年，何寄澎主持大學入學考試國文科試題研發、命題、閱卷等事務，為大考中心建立制度，二〇〇八年獲推薦出任考試院考試委員。在學術研究方面，何寄澎著重風格、文體、文學史典型意義；學術研究之餘，從事散文創作，頗傳周作人散文簡淨、沖淡一脈。其為人則熱情，有兄長之風，能急人之難。

作品導讀

秋雨瀟瀟飄落

這篇文章以生物實情對比社會假象，辨明真理的訊息來自於自然，世上唯一不欺罔的也只有孕育自然的造物者。

「真理」是不變的——作者用多變的情景細細抽繹此不變，經驗是真實的，語氣是誠懇的，意思是漸進的，並不宣洩情緒也不強作道理，一直到最後收束處，才把來自於景的啟示印在澄明的秋心中。

首段描述生活周遭處處有景，抬眼即見楓香、松、欖仁、榕樹等，但若不加留意，並不知其變化；二、三、四段筆鋒疾轉，中秋已過時節，從「驀然發現」、「繼續發現」

到「進一步觀察」，層層推進，先是地上的落葉愈來愈多，天空愈來愈高遠，插入野鴿子、松鼠這等小動物的觀察，然後用兩個比喻——榕樹的垂鬚、松針的落髮，將樹景比擬為人，進一步再說楓香與櫻花蟲蛀斑駁，更顯得殘敗。第三段「細細的秋雨一陣陣的就在你睡夢中瀟瀟飄落」，這雨飄在夢裡，可見秋意已入到心裡。第四段引用歐陽修〈秋聲賦〉，說秋天是行刑的時令，有用兵的徵象，常以肅殺為意志。

肅殺的景象雖獲印證，但人性、人情既不單一，自然界的風景也不是單一的。接下來作者以台灣特有的欒樹黃花，表達秋色的溫暖、秋光的明亮，以具體的「黃蕊如串」呈現既豐富又寧謐的風情。

最後一段從景的觀察進到哲學層次，波湧連綿的心思藉翻騰變化的語法而夭矯跌宕，「其實……無論……只是……但我……竟都……早已……固然……不免……然而……而已」，既收音節頓挫之效，更見感慨實深，文章雖短而格局不小。

今夕何夕

席慕蓉

就是那裡，
曾經有過千匹良駒，
曾經有過無數潔白乖馴的羊群，
曾經有過許多生龍活虎般的騎士在草原上奔馳，
曾經有過不熄的理想，
曾經有過極痛的犧牲，
曾經因此而在蒙古近代史裡留下了名字的那個家族啊！

C常常對我說，他覺得我們這一代的中國人，應該算是比較幸運的一代。

他說，和下一代的年輕人相比，我們這代在幼小的時候，都或多或少受到戰亂的波及，童年因此較為窮困和辛苦。年輕的時候要咬緊牙關，才能逐步往順境裡走來，所以比較容易知足，常懷感謝，也懂得向命運讓步。又因為所有的黃金歲月都與這個島嶼有所關聯，心裡也就有一份完整的歸屬感。

但是，我們的下一代當然不肯對今天知足，他們當然是要從這個基礎上，再去要求一個更好的明天，因此也免不了會常常覺得失望與沮喪，在這一點上，我們並沒有辦法來安慰他們。

而上一代呢？

不論是四十年前倉皇離家的，或者是那時候剛剛在這個島上完成他們的學業的，這些人在最需要工作、最渴望在公平的社會上一展抱負的年紀裡，卻都被捲入了戰爭的漩渦。面對著流離顛沛的命運，面對著家破人亡的創傷，他們的一生，從那個時候起，就被切割成永遠不能重新結合的兩段了。

在這一點上，我們做子女的也說不出甚麼安慰的話來。

我有時候會想，對於我的父親和母親來說，他們在蒙古高原家鄉所度過的少年時光，也許就是生命裡僅有的一段不知憂患的歲月了吧？

和整個一生長長的時間相比，那段時光何其短促！何其遙遠！又因此而何其美麗！

這個初秋的返鄉之行，其實早在去年暑假，就開始和父親商量了。父親遠在德國，我原來是想與他會合，再一起回去的。內蒙古有一所大學邀請父親去演講，邀請函後還加了一條附註，聽說是也歡迎我這個做女兒的一起去。

可是，父親後來還是婉言推辭了。

我不知道他是怎樣回覆那所大學的。當然，他可以舉出許多理由和藉口來。不過，我卻知道真正的原因，在心裡最無法向人明說而又是最痛的原因，不過就只有一個：

「我曾經在那塊土地最美麗的時候，留下了許多記憶。今天的我，實在不願意也不捨得去破壞它們。」

所以，就是這樣了。那麼，就讓我一個人回去吧。

父親，我是幸運的一代！沒有任何記憶的負擔，沒有任何會因為比較而產生的損失，也因此而沒有悔恨與遺憾，您就讓我一個人回去吧。

在長途電話裡，父親把我堂哥的地址一個字一個字地念給我聽。堂哥是我三伯父的孩子，也是父親在家鄉唯一的親人。用蒙文再翻成漢文的地址又長又繞口，父親說：

「從地址看來，你堂哥現在住的這個地方，不是我們從前的家了。反正，你先去找他，到了那裡，你再向他問回去老家的路好了。」

父親又要我與住在北京的尼瑪先生聯絡，尼瑪先生是蒙古人，年紀雖然和我差不多，卻是我父親非常敬重的朋友，這次回鄉，父親鄭重拜託他給我帶路。

我從來也沒見過尼瑪先生，要如何相認呢？

尼瑪的建議倒很新鮮，他回信說：

「我會到北京機場來接你。我們彼此雖然不相識，但是，我想，到時候應該可以從我們蒙古人面貌特徵上的相似之處，來互相辨認的吧？」

果然，在北京機場，我們彼此很容易地就認出來了。只是，在性格上，我們也都有蒙古人相同的特徵，在初次見面時，都有著潛在的羞怯與猶疑，因而交換的語句常會停頓下來。

那個時候，我們已經上了車，開始沿著筆直的、濃蔭夾道的公路往北京前行。大家都是安安靜靜的，前座的駕駛把音響打開，讓一些流行歌曲來調劑一下氣氛。

今夕何夕

天色已近黃昏，夕陽從路旁成行成列的柳樹間透射過來，逆光的樹幹幾乎是深褐色的，柳蔭卻成了一層又一層碧綠的發光體。陽光讓葉子成為千萬片透明的碎玉，在微風中不斷輕輕閃動。一個穿著淺色衣裙的少女，騎著腳踏車從樹下經過，衣裙間也映上了一層變幻不定的綠光。

有些甚麼從我心裡慢慢浮起——這個城市，這一座陌生的城市，卻是我父母當年初初相識而終於成婚的地方……

就在這個時候，錄音帶裡傳出來一段有點熟悉的旋律，靜靜聽下去，竟然是一首老歌，是多年以來不曾再聽人唱起的一首老歌：

啊！今夕何夕！
雲淡星稀，夜色真美麗……
你我才逃出了黑暗，
黑暗又緊緊跟著你。
啊！今夕何夕……

歌詞裡，我只能記得這幾句。那是我童年的記憶，跟隨著父母在香港那個小島上住了下來，樓下鄰居的收音機裡，常播這首歌。聽說當年是白光把它唱紅的，所以，後來的人，都儘量想模仿她在歌裡那低沉而又帶著無限滄桑的嗓音。

想不到，多少年之後，重新聽到這個調子，竟然是在歸鄉之行的第一站上。開始的時候，我不禁失笑，心裡想：

「天啊！怎麼在這裡唱這種歌？」

是有點荒謬。幾十年前白光歌聲裡的滄桑，似乎沒有辦法和眼前這一切放在一起。

車子在紅燈前停下，穿著制服的交通警察，站在十字路口中央的台子上，在他背後，是一幅巨大的寫著標語的宣傳看板，上面描繪著光明的遠景。

我再把目光轉回到路邊的柳蔭中去，樹木已經沒有剛才那樣濃密了，斜陽的光芒因此從枝葉間直接刺進了我的眼簾，眼球一陣痠澀，有淚水慢慢地浮了上來。

是荒謬啊！我們上一代的中國人所遭遇到的一切，那緊緊跟隨了一生的黑暗噩夢，都是絕頂的荒謬啊！

這是年輕的父親和母親，在當初離開這塊土地的時候，無論如何也料想不到的命運吧？

綠燈亮了，車子恢復前行，尼瑪回過頭來對我說：

「行程大致都安排好了，你可以放心。再過三天，就可以回到你們老家了。」

父親的話還在我心裡，我告訴尼瑪：

「可是，父親說過，我堂哥家不是我們老家，地址都不對了。」

尼瑪說：

「應該也不會離太遠，地址是都改了，可是，地方應該還是原來那裡吧？」

三天之後，當我剛剛到了那裡不久，剛剛見到了我的堂哥不久，我就忍不住又問他同樣的問題：

「我們從前的老家在甚麼地方？」

堂哥也回答我說：

「這裡就是啊！」

可是那些房子呢？在書裡記載著的、在父親記憶裡永遠矗立著的那個尼總管的總管府邸呢？你總不能用眼前這一處小得不能再小的村落來向我說，這就是一切了吧？

終於有親人明白了我的意思，他說：

「我帶你去，不遠，翻過那一座山就是了。」

對於草原上的人來說，那距離真的不能算遠。我堂哥說的也沒錯，這整塊土地依舊是從前的那一塊，他的家不過是從原來的老家那裡，稍稍挪過來幾步而已。

我和帶領我的親人一直走到草原的盡頭，翻過了一座丘陵，站在高處，他指著下面的另外一片草原說：

「你看到沒有？就是在那幾幢小房子的前方，白白的那塊三角形就是。」

眼前的這片草原，和我剛才走過來的那片草原都長得一樣，都是一片無邊無際的綠意。丘陵緩緩起伏，土地上線條的變化宛如童話中不可思議的幻境。白雲在藍色的天空中列隊，從近到遠，從大到小，一直延伸到極遠處的地平線上。

可是，那傳說裡的總管府邸呢？那許多的建築和排成長長一列的蒙古包呢？

「你再仔細看一下，順著我手指的方向，那裡有一塊沒有長草的三角形土地，就是那裡，就是那個廢墟。」

就是那裡，曾經有過千匹良駒，曾經有過無數潔白乖馴的羊群，曾經有過許多生龍活虎般的騎士在草原上奔馳，曾經有過不熄的理想，曾經有過極痛的犧牲，曾經因此而在蒙古近代史裡留下了名字的那個家族啊！

就在那裡，已成廢墟。

我慢慢走下丘陵，往前方一步一步地走過去。奇怪的是，在那個時候，我並沒有流淚，只是不斷在心裡向自己重複地說著：

「幸好父親沒來！幸好我沒有堅持一定要他和我一起回來！」

原野空無人跡，斜陽把我們的影子逐漸拉長。我終於走到那塊三角形的土地上，低頭向腳下仔細端詳，這裡確實已經是一處片瓦不存的沙地了。

但是，這中間也不過只是幾十年的光景，要讓從前那些建築從這塊土地上完全消失，光靠時間，恐怕還是辦不到的吧？

是些甚麼人？在甚麼年代裡？因為甚麼原因？決定前來把這裡夷為平地的呢？

在遠方那一座丘陵的頂端，我們家族世代祭祀的敖包幸好還安然無恙，在暮色裡隱約可見。我把問題放在心中，靜靜地隨著親人走了回去。

到了夜裡，當所有的人因為一天的興奮與勞累，都已經沉入夢鄉之後，我忍不住又輕輕打開了門，再往白天的那個方向走去。

在夜裡，草原顯得更是無邊無際，渺小的我，無論往前走了多少步，好像總是仍然被團團地圍在中央。天空確似穹廬，籠罩四野，四野無聲，而星輝閃爍，豐饒的銀河在天際中分而過。

我何其幸運！能夠獨享這樣美麗的夜晚！

當我停了下來，微笑向天空仰望的時候，有個念頭忽然出現：

「這裡，這裡不就是我少年的父親曾經仰望過的同樣的星空嗎？」

猝不及防，這念頭如利箭一般直射進我的心中，使我終於一個人在曠野裡失聲痛哭了起來。

今夕何夕！星空燦爛！

——《我的家在高原上》，圓神

作者簡介

席慕蓉

蒙古名穆倫・席連勃（意思是大的江河）。一九四三年生於四川，蒙古察哈爾盟明安旗人。童年在香港度過，於台灣成長、受教育。父親席振鐸曾任教於西德波昂大學。

席慕蓉畢業於台北師範美術科、台灣師範大學美術系，赴歐深造，專攻油畫，兼習蝕刻版畫。一九六六年以第一名成績畢業於比利時布魯塞爾皇家藝術學院。曾獲布魯塞爾市政府金牌獎、比利時皇家金牌獎及歐洲美協銅牌獎。在歐洲及國內舉行過多次個人畫展。同時從事散文及新詩創作。著有散文集《金色的馬鞍》、《人間煙火》、《畫出心中的彩虹》、《寧靜的巨大》等，另有詩集、畫冊等數十種，讀者遍及海內外。近十餘年潛心探索蒙古文化，以原鄉為創作主題，二〇〇二年受聘為蒙古大學名譽教授。

席慕蓉的作品所以風靡讀者，除因情感深摯，講究音樂性也是一大特色。她曾多次公開朗誦詩文：〈大雁之歌〉、〈蒙古文〉等，台上台下聲情交融，令人難忘。

作品導讀

天蒼蒼，野茫茫

這是一篇刻繪家國滄桑之痛的文章。題目源自古詩〈越人歌〉：「今夕何夕兮……」，杜甫〈贈衛八處士〉：「今夕復何夕，共此燈燭光」意義也相同，都是與平常時光比較而生出的感嘆，表示今夕得來不易。

文章開頭，作者就比較上下三代的遭際，這一代懂得向命運讓步，下一代不肯對今天知足，上一代呢？被命運切割成兩段。她要寫的是上一代（父親）的亂離滄桑，藉她一人單獨返鄉的印證，寫給身負家園記憶重擔的那位老人，表達一整代中國人的心情。

父親的朋友尼瑪在北京機場相迎的一小段記述，很自然地把讀者的想像聚集到蒙古人的面貌特徵和性格上。陽光穿過柳樹間，柳葉如透明碎玉，柳蔭是層層碧綠的發光體，這一小段寫景文字清麗耀人。天色已近黃昏，藉著對年輕綠光的描寫，聯想到父母年輕時，再由一首老歌，聯結到自己的童年，飽蘊滄桑的光景與聲情。當她的筆再度勾描柳蔭風情時，目的在以景的變化映現心情的變化。

接著是掙扎尋索舊家的記述：這就是我們老家嗎？不是，不可能是，怎能說是！一方面蘊蓄張力，一方面吸引讀者密切期待。在如幻境般的藍天綠地中，最後鎖定的焦點竟是「一塊沒有長草的三角形土地」，景的落差即是心情的落差，連用六個「曾經」，感慨無窮，是非常有力的修辭法。

作者也善於運用表情詞語，例如：幸好、終於、也不過只是……等。文章收束處，既拉開「天蒼蒼，野茫茫」的景，又涵容「人生代代無窮已，江月年年只相似」的情，星空燦爛，悲欣交感無法言傳，只能直呼：今夕何夕！

白夜——阿拉斯加印象

林文月

而今是深夜十一時，
天依然亮著，
卻不再光耀照目。
我清楚地看見冰山壘壘峨峨、
犖确磷堅的樣貌，
卻都蘊藏在深沉的白色裡。

輪船這一天整日在冰山海灣內緩緩轉動。海灣的南北二十五哩長，東西三哩寬，是一個狹長形狀的灣。天氣晴朗，無風亦無浪，船身十分平穩。

晝間的甲板上充溢遊客，舷邊更不易找到一個空隙，人人拿著各式相機或錄影機拍攝白皚皚的冰山群；如今夜已深，興奮的表情與讚賞的嘆聲，有如夢幻一般，不復聞見。甲板上，空空盪盪，偶爾見到三數堅持不眠的人。

堅持不眠的我，是為了一償晝間未能飽覽北地奇景之憾，也或者是想要珍藏今生大概不再的記憶吧。

在十分寬敞的甲板上走了一圈。船舷的右翼是拍打船身的寒波；稍遠處見浮冰漂流，有碎細點點，也有較大的，如猛獸、似奇禽，從不同角度觀看，自能引發不同聯想；更遠處，便是皚皚綿延的冰山群了，連嶂巑岈，變化無窮，難以言狀。左舷的風光亦復如此。寒波、浮冰，以及巑岈難言的冰山群。

更上層樓、更上層樓，終於登上最高層的甲板。現在，我幾乎可以不必仰望而平視遠方的冰山群了。

晝間在陽光下，冰層反光，不容逼視；而今是深夜十一時，天依然亮著，卻不再光耀照目。我清楚地看見冰山壘壘峨峨、犖确磷堅的樣貌，卻都蘊藏在深沉的白色裡。其實，不是白色；千萬年、千千萬萬年的冰山，有深刻的白色，是一種滲浸著寶藍色的白。也許這種包容寶藍顏色的白，才是最原始的白色吧。

而藍白色的冰山群，沉寂地矗立於船的左右兩翼遠處。浮冰也是沉寂的，寒波亦然。這靜謐，令我突然欲淚。彷彿我心底的某種思緒逕自離我而去，瞬息之間遍歷皚皚的群峰，帶著硜然巨響回到我最深沉的體內。於是，我聽到群山冰凍的一切故事了。

感覺到冷，是相當冷。氣象預報說，今天的氣溫在華氏四十二度到五十一度之間。天雖然還亮著，如今已是深夜，氣溫當在四十五度以下吧。無人的最高層甲板上，還有一些風吹。我拉起薄呢外套的衣領，一手按著揚起的裙襬，走下扶梯。眼角因寒風而有淚水流出，鼻尖和雙耳也是凍涼的，真不能相信這是盛夏七月天。

下面的甲板上，也還是冷，但風勢較弱。仍見到三幾個人徘徊著。我看到一個東方人，是一個日本人，他善意地和我招呼。

「還沒有想睡嗎？」我用日本話同他講。

「啊，不捨得這個夜色。」他用十足的美語回答我。

我們站著交談。他告訴我：生長在西雅圖郊外，大學畢業後即在一家美國商務機關任職，負責與日本方面接洽事務，但只會講幾個有限的日語專有詞。已經退休了，興趣是垂釣。

「這次旅遊終了，我要和妻子留在安哥拉契釣魚。」他憨厚的面孔上，有健康的陽光曬過的痕跡。看來是一個喜愛戶外運動的人，但顯然不是能言善道類型。

「我不喜歡金錢買得到的物質。」

「你看，大自然多麼美、多麼偉大！」

極簡短的談話內容，卻足夠令人揣摩他的個性。忽然，他問我：「你怎麼一個人在這兒？」

「想看看北地的夜晚。」我真是有些好奇的。

「誰知道甚麼時候天才黑。」他可能也是好奇心重。

我們走到白色的欄杆邊。氣象預報是說：今天早晨五時二十一分日出，晚上十時三十一分日落。如今已過午夜，太陽早已下去了，但天空依然是亮的。我注意到，先一刻碧青的海水，不知甚麼時候開始，已轉變為水銀一般的有重量的顏色了。天色似乎也帶了一些深沉的雰圍。時間並未永駐，唯其似乎運轉得極緩慢，趕不上我手錶上時針移動的速度。

「我看，我要先回艙房去了。明天還得早起。」身旁的日本人說著，伸出厚實溫暖的手：「晚安。我叫早川。」

「晚安。我再多留一會兒。」我漫應著，心裡卻在想，現在不是已經明天了嗎？現在是明天的清晨。只因為太陽已西墜，如鉤的一彎月淡淡在中天，而天色不暗，冰山又在兩側岸邊茫茫的白著，所以令人不辨是晝是夜。

我探首下望。海水似乎又從水銀凝重的顏色微微轉變呈玄墨，卻仍然有波光隱約。波浪重複著拍打舷腹的單調律動，一次一次無限次，令人暈眩不克自解。

這無數片玄墨有波光隱約的底層是甚麼呢？如果我再探首向前往下，會不會被那神祕的深沉吸收吞噬進去呢？

我看見自己墜落下去。一次又一次。

以一種疾速如落石般的重量。

以一種飄忽如羽毛般的輕盈。

以一種翩躚的舞樣。

以一種朦朧的澄明。

我的背脊冰涼。我握著欄杆的雙手因過度用力而僵硬。而我的雙頰何以也是如此僵硬冰涼呢？

我仰首，唯見白夜茫茫無極無限。

我在陌生的阿拉斯加海中某處。

——《作品》，九歌

作者簡介

林文月

一九三三年生於上海日本租界，台灣彰化人。啟蒙教育為日文，十一歲始返台，學習台語，接受中文教育，故自然通曉中日語文。自大學時期即從事中日文學翻譯工作，台灣大學中文研究所畢業後，留母校執教，專攻六朝文學、中日比較文學，並曾教授現代散文等課。一九九三年於台灣大學退休，次年獲聘為台灣大學中文系名譽教授。曾任美國華盛頓大學、史丹佛大學、加州柏克萊大學，捷克查理斯大學客座教授。除學術研究外，更從事散文創作及翻譯，著有《京都一年》、《讀中文系的人》、《遙遠》、《午後書房》、《擬古》、《飲膳札記》、《人物速寫》等，並譯注日本古典文學名著《源氏物語》、《枕草子》、《和泉式部日記》、《伊勢物語》。曾獲時報文學獎散文推薦獎、國家文藝獎散文獎及翻譯獎。論者稱許其學術著作嚴謹，譯作細膩，散文作品則在敘事與抒情中蘊含無限感思，傳遞出生活充盈的美好。

林文月的美麗、才華、廚藝、能飲，久為文壇傳誦。她目前旅居美國。

作品導讀

重與輕，澄明與冰涼

本文記旅遊阿拉斯加(Alaska)印象。阿拉斯加在北美洲西北部，東面與加拿大接壤，另三面臨北極海、白令海峽、北太平洋，土地極廣大，但大多為冰山、冰河、林野，屬極地氣候，夏永晝，冬永夜。本文題名「白夜」，除因為冰山映照一片茫茫的白，夜而不黑，也因永晝關係。時當「盛夏七月天」，但氣溫在攝氏十度以下（據文中描述：今天的氣溫在華氏四十二度到五十一度之間），自然不同於我們熟悉的夏天。作者筆下的情景清冷、靜謐、深沉、凝重，全是秋的感覺。

文章有情境，文筆有情調的講究。本文情調徐緩、空寥，小心包藏著一顆放空的旅人的心，這顆心帶有秋的情境。

開筆以輪船緩緩轉動，勾描南北二十五哩、東西三哩的一個狹長海灣。天空無風，海上無浪，甲板上因夜深也已空空盪盪。以第一人稱敘事的旅人堅持不眠，何以不眠？「為了一償晝間未能飽覽北地奇景之憾」。其實，這只是陪襯的說法，真正原因在下半句「珍藏今生大概不再的記憶」。甚麼記憶須加珍藏，其分量須以「今生」來衡量？這一句確立了本文的情感軸心，往後的描景全成了這一情感軸心的氛圍。

作者身在浮冰漂流的船上，描寫冰山：連嶂巉崿（意思是高險的冰山上還累疊著小冰山），壘壘峨峨（冰山一個挨一個連綿相次，十分高峻），犖确磷堅（難以計數的巨大山石像發光的玉石一樣）；白是深沉的白，包容寶藍顏色的白、原始的白，令人欲落淚的白。她的神思翱遊：「彷彿我心底的某種思緒逕自離我而去，瞬息之間遍歷皚皚的群峰，帶著磴然巨響回到我最深沉的體內。」這是一個人最轟然最幽寂的經歷。接下去描述與那位日本人的對話，又故示平靜，展現人生沉澱後的境界。然而，當海水由碧青轉為水銀的遲重，再變為玄墨，作者那最轟然最幽寂的「我」也向玄墨深處墜落。她說：「我看見自己墜落下去……」四個「以」字開頭的句子，彷彿版畫套色，刻繪出心理的重與輕、澄明與冰涼。讀者的心跟著被吸了進去。

熄燈

陳芳明

熄燈後，
就是我啟碇遠航的時刻。
那樣多的心事，
在體內推波助瀾，
不容平息。
我唯一能夠求助的，
便是陳列在書架上的酒瓶。

心事湧來，常常都在熄燈之後，黑暗裡，思緒如風中怒潮，驚濤拍岸。我翻來覆去，企圖使自己平靜下來，終不可得。望著窗簾上的陰影，以及從窗外滲透進來的微光，總是覺得心事都從那個缺口流淌進來。緊緊拉上簾布，室內更暗，四周一片死寂。我反而可以聽到自己的心跳，許多不明的影像卻比稍早變得更為清晰。

忘卻的、失蹤的記憶，都在這個時刻奇異般浮現。我很少面對自己，也很少面對內心的糾葛。教書、演講、撰稿、旅行，緊繃著我白天的行程，我的魂魄，分散在書中的想像與沿路的景物。只有在夜晚來臨時，我才點點滴滴收拾釋放出去的靈魂。靜靜躺在床上，一些知覺、一些情緒，會像拼圖的碎片那樣，一塊一塊重組起來。我的睡眠，變成了我的復活。

被心事重重包圍時，睡床猶如海上孤舟，浮浮沉沉，幾乎載不動這許多愁。我只好擁被坐起，抗拒莫名的晃動與搖撼。我是那麼複雜的人嗎？只是一次尋求休息的睡眠，竟會變成遠洋的孤獨航行。我鎖在黑暗的船艙裡，接受無端襲來的凌遲。敏感的身體，可以感覺到有一些肌肉被咬嚙，有一些器官被啃食。愛痕、吻痕、刀痕、傷痕，布滿了我以為是已經遲鈍的肉軀，孤舟夜行，果真是苦悶的遠航嗎？

我並不開燈，在一息尚存的光線中，從書架取下酒瓶。善飲的人，絕對不是我。

淺淺小酌，只不過是為了紓解暗襲的心事所挾帶而來的抑鬱。酒杯坐在桌上，我微微倒下暗紅色的葡萄酒。濃澀的酒液，沿著杯口注入杯底，暗室裡輕輕飄揚起酒香。我已記不清楚何時開始飲酒，只知道自己能夠分辨甘醇與辛辣時，年齡早已揮別少壯的歲月。有人喝酒去暑，也有人喝酒驅邪，我最初則是出於好奇。我與酒的接觸，就像與新詩結緣一般，一旦了解如何斟酌之後，幾乎就不能自拔。

通常在失眠的夜裡，瞭望滿窗星辰，我已習慣一杯在手，那是在春夏的晚上。到了秋天，我傾向於閉門坐聽音樂，伴隨著酒精注入體內。寒冬之際，捨去葡萄酒，我獨鍾於白蘭地。樓外風聲緊叩玻璃，酒液在胃裡燃燒，常常使我產生在荒野取暖的錯覺。然而，在很多的夜晚必須面對自己時，我總是邀請酒瓶作陪。

酒精在舌頰之間逗留時，特殊的氣味會從鼻孔湧出。在那短暫的時刻，好像有一種溫柔的力量啟開我的心扉。酒液隨後流過了喉嚨，細微似一把火燭，穿越枯澀的隧道，心神微微一震。抵達胃壁的酒，緩緩煨起輕淡的火焰，在看不見的幽微角落緩慢燃燒。那溫度是親切而友善，全然不驚動心臟與血管，只是逐漸升高，以著完全辨識不出的速度。第一杯，是一種試探；第二杯則屬叩訪；第三杯才是真正的滲透。我很歡迎這樣的滲透，依然維持拘謹而禮貌的風度，酒精開始穿過每一道血脈，把微微的溫暖送到身體的每一部位。我可以感覺酒精變得興奮時，也是臉頰微酡之際。

熄燈的秋夜，我借助的力量，暗暗支解不斷湧現的心事。其實，我並不支解，而是坦然迎接。失去影像的舊友，這時會具體而落實浮現在我的眼前。在白天，我無法看清楚他的臉，但是，在漆黑的晚上，由於酒的點燃，竟能照亮他的面容。我一一喚出已在記憶裡消失的名字；男性的、女性的、島內的、海外的，然後重新端詳他們的神情。我也把許多遺忘的事件刻意回想一次，因了酒的催促，記憶反而變得極其敏銳鮮明。傷感的、快樂的、悲涼的、溫情的，陳舊的故事終於又重演在內心深處。

我可能不是複雜的人，卻是一位孤獨的航者。熄燈後，就是我啟碇遠航的時刻。那樣多的心事，在體內推波助瀾，不容平息。我唯一能夠求助的，便是陳列在書架上的酒瓶。只有航者化為飲者時，我的心情才會停止洶湧。如果有人問起我的心事是甚麼？我也說不出所以然，最好去請教我熄燈之後的酒瓶與酒杯。

——《掌中地圖》，聯合文學

作者簡介

陳芳明

一九四七年生，台灣高雄人。輔仁大學歷史系畢業，台灣大學歷史研究所碩士，美國西雅圖華盛頓大學歷史系博士候選人，美國台灣文學研究會創辦人之一，曾任美國《台灣文化》總編輯，返國後歷任民主進步黨文宣部主任、靜宜大學及暨南國際大學中文系教授、政治大學中文系教授、政治大學台灣文學研究所所長、講座教授。早年從事歷史研究，近年則致力於文學批評、台灣文學史寫作與散文創作，著有《台灣新文學史》。編有《五十年來台灣女性散文・選文篇》，著有散文集《風中蘆葦》、《夢的終點》、《時間長巷》、《掌中地圖》等，文學評論集《詩和現實》、《鞭傷之島》、《典範的追求》、《危樓夜讀》、《深山夜讀》等，另有學術專著、傳記及政論等多種。

在台灣作家中，陳芳明的屬性特別，年少時浪漫寫詩，出版過詩集《含憂草》，出國留學時期滿懷革命理想，以致流亡海外多年。他曾表示，政治撩撥了他的生命，詩情從此混濁複雜，學者張瑞芬則認為，在詩創作上迷路，反而成就了他的散文創作。

作品導讀

孤獨的航者

本文描述夜晚心事來襲時的感受、坦然面對自己的內在風景。「悠哉悠哉，輾轉反側」，彷彿《詩經》裡那位日夜思念淑女的君子，但「作者」所思念的是「忘卻的、失蹤的記憶」，是「不斷湧現的心事」，一些「男性的、女性的、島內的、海外的」名字。

內心難以描摹，欲其清晰生動，要靠比喻。試看本文的比喻：

「思緒如風中怒潮，驚濤拍岸。」

「一些情緒，會像拼圖的碎片那樣，一塊一塊重組起來。」

「睡床猶如海上孤舟，浮浮沉沉。」

「酒液隨後流過了喉嚨，細微似一把火燭，穿越枯澀的隧道。」

意象創造出來後，作者還擅於培護照料，使意象化為整體意境，具有烘托感染力，而非孤立的形容。例如：第一段講風中怒潮般的思緒，第二段接續的是點點滴滴收拾回來的靈魂。第三段講睡床如孤舟，最後一段講熄燈後就是啟碇遠航的時刻。關於酒所扮演的角色，自第四段至第八段更是無一缺席冷場：從「酒杯坐在桌上」到「一杯在手」到酒液流過喉嚨、抵達胃壁、支解心事、催促陳舊的故事在心頭重演，十分有秩序、有層次。

散文動人的地方未必在最終的事理結論，而在事件發生的經過。本文第五段描寫不同季節飲酒的景象，先是春夏的晚上，以至於秋天，再變而為寒冬之際；第六段說明飲酒的感覺，更聚焦到第一杯如何、第二、三杯如何，長短鏡頭兼備，內容立體，鮮活有張力。

最後自行設問心事究竟是甚麼？唯有酒杯酒瓶可問。正是楊牧〈天涼〉欲說還休的心情，一個中年人愈煎熬愈澄明的心靈。

遙遠的公路

舒國治

過多的空荒挾帶著偶一的奇景，
是為公路長途的恆有韻律，
亦譬似人生萬事的一逕史實。
當停止下來，
回頭看去，
空空莽莽，
惟有留下里程錶上累積的幾千哩幾萬哩。

透過擋風玻璃，人的眼睛看著一逕單調的筆直公路無休無盡。偶爾瞧一眼上方的後視鏡，也偶爾側看一眼左方的超車。耳朵裡是各方汽車奔滑於大地的聲浪，多半時候，嗡嗡穩定；若轟隆巨響，則近處有成隊卡車通過。

每隔一陣，會出現路牌，“DEER CROSSING”（「有鹿穿過」），“ROAD NARROWS”（「路徑變窄」），這一類，只受人眨看一眼。在懷俄明州，遠處路牌隱約有些蔽翳，先由寬銀幕似的擋風玻璃接收進來，進入愈來愈近的眼簾，才發現牌上滿是子彈孔，隨即飛過車頂，幾秒鐘後再由後視鏡這小型銀幕裡漸漸變小，直至消逝。

在猶他州原野看到的彩虹大到令人激動，完美的半圓，虹柱直插入地裡。大自然對驅車者偶一的酬賞。四十號州際公路近德州 Amarillo 路旁，十輛各年分的凱迪拉克車排成一列頭朝下，也斜插在地裡，當然，也是為了博驅車者匆匆一覷。

當年後大雨下得你整個人在車上這隨時推移卻又全然不知移動了多少的小小空間完全被籠鎖的灰暗摸索而行幾小時後，人的思緒被沖滌得空然單淨。幾十分鐘後，雨停了，發現自己竟身處蒙塔拿龐然大山之中，那分壯闊雄奇，與各處山稜後透來的黃澄澄光芒，令你心搖神奪，令你覺得應該找點甚麼來喟嘆它。這種景光，我突然有衝動想要對著遠山抽一根菸。那年，我已戒了好一陣子菸了。

八百哩後，或是十二天後，往往到了另一片截然不同的境地。距離，或是時間，都能把你帶到那裡。景也變成風化地台了，植物也粗澀了，甚至公路上被碾死的動物也不同了。

空荒與奇景，來了又走了。只是無休無盡的過眼而已。過多的空荒挾帶著偶一的奇景，是為公路長途的恆有韻律，亦譬似人生萬事的一逕史實。當停止下來，回頭看去，空空莽莽，惟有留下里程錶上累積的幾千哩幾萬哩。

西行，每天總有一段時光，眼睛必須直對夕陽，教人難耐。然日薄崦嵫的公路及山野，又最令人有一股不可言說之「西部的呼喚」。此刻的光暈及氣溫教人癱軟，慫恿人想要回家，雖然我沒有家。我想找一個城鎮去進入。這個城鎮最好自山崗上已能俯見它的燈火。

長期的公路煙塵撞擊後，在華燈初上的城鎮，這時全世界最舒服的角落竟是一個老制的橡木 booth（卡座）。如果桌上裝餐紙的鐵盒是 ArtDeco 線條、鍍銀、又抓起來沉甸甸的，咖啡杯是粉色或奶黃色的厚口瓷器，那麼這塊小型天堂是多麼的令人不想匆匆離去。即使吃的也必只是那些重複的漢堡、咖啡、hashbrown（碎炒馬鈴薯）、omelette

（烘蛋）、chicken soup（雞絲與麵條燉湯）等。

夏夜很美，餐館外停的車一部部開走，大夥終歸是要往回家的路上而去。而我正在思索今夜宿於何處。

我打算睡在這小鎮的自己車上。睡車，或為省下十六或十八元的住店錢，或為了不甘願將剛剛興動的一天路途感觸就這麼受到 motel 白色床單的貿然蒙蔽，或為了小鎮小村的隨處靠泊及漫漫良夜的隨興徜徉的那分悠閒自在，都可能。

睡車，最好是挑選居民停好車後鑰匙並不拔出的那種小鎮，像佛芒州的 Woodstock。而不是挑選蒙塔拿州的 Butte 那種 downtown 像是充滿能單手捲紙菸的昔日漢子的城市。南方有些禁酒小鎮如阿拉巴馬州的 Scottsboro 看來也很適合睡車，只是人睡到一半，突然音樂聲吶喊聲大作，並且強光四射，原來是週六夜青少年正在「遊車河」(cruising)。

夜晚，有時提供一種極其簡約、空寂的開車氛圍，車燈投射所及，是為公路，其餘兩旁皆成為想像，你永遠不確知它是甚麼。這種氛圍持續一陣子後，人的心思有一種清澈，如同整個大地皆開放給你，開放給無邊際的遐思。有些毫不相干的人生往事或是毫無來由的幻想在這空隙迸了出來。美國之夜，遼遼的遠古曠野。當清晨五點進

入吐桑 (Tucson, Arizona) 或聖塔非 (Santa Fe, New Mexico) 這樣的高原古城，空蕩蕩的，如同你是亙古第一個來到這城的人，這是非常奇妙的感覺。

千山萬嶺驅車，當要風塵僕僕抵達一地，這一地，最好不是大城，像紐約。乃紐約太像終點。你進入紐約，像是之後不該再去哪裡；倘若還要登程，那麼在 MacDougal 街或 Bleecker 街的咖啡店我會坐不住，只想買一杯 Dunkin Donuts 的紙杯咖啡帶走。

小鎮小村，方是美國的本色。小鎮小村也正好是汽車緩緩穿巡、悄然輕聲走過、粗看一眼的最佳尺寸。通往法院廣場 (courthouse square) 的鎮上主街，不管它原本就叫 Main Street，或叫 Washington Street，或叫 Central Avenue，常就是 US 公路貫穿的那條幹道。

為了多看一眼或多沾一絲這鎮的風致，常特意在此加點汽油，既要加油，索性找一個老派的油站，一邊自老型的油泵中注油，一邊和老闆寒暄兩句，順便問出哪家小館可以一試之類的情報。一兩分鐘的閒話往往得到珍貴驚喜。他說這裡沒啥特別，但向前十多哩，有本州最好的豬排三明治；「擲一小石之遠」("just a stone's throw"，他的用字)，有最好的南瓜派……街尾那家老藥房有最好的奶昔，我小時每次吃完，整個星期都在企盼週末快快到來……你不妨下榻前面五哩處那家 motel，當年約翰・韋恩在此拍片就住過……

那個豬排三明治的確好吃，南瓜派我沒試，老藥房的老櫃台如今不見任何一個小孩，倒有稀落的三兩老人坐著，像是已坐了三十年沒動，我叫了奶昔也叫了咖啡。咖啡還可以，奶昔我沒喝完。記憶中的童年總是溢美些的。

我繼續驅車前行，當晚「下榻」在一百多哩外另一中型城鎮裡的自己車上。

這些三明治或是有故事的motel，我仍嘗過許多，但加油站那一兩分鐘搭談所蘊含的美國民風民土往往有更發人情懷的力道。譬如說，美國人有他自有的歷史意趣，說甚麼「約翰・韋恩當年……」說甚麼「小時候我……」即使不甚久遠，他也嘆說得遙天遠地。

或許美國真是太大了，任何物事、任何情境都像是隔得太遠。

當無窮無盡的公路馳行後，偶爾心血來潮扭開收音機，想隨意收取一些聲音。幾個似曾相識的音符流灑出來，聽著聽著，剎那間，我整個人懾迷住了，這曲子是Sleepwalk，一九五九年Santo & Johnny的吉他演奏曲。我幾乎是渴盼它被播放出來一樣的聆聽它，如癡如醉。我曾多麼熟悉它，然有二十年不曾聽到了，這短短的兩三分鐘我享受我和它多年後之重逢。

這些音符集合而成的意義，變成我所經驗過的歷史的片斷，令我竟不能去忽略似的。

而這些片斷歷史，卻是要在孤靜封閉的荒遠行旅中悄悄溢出，讓你毫無戒備的全身全心的接收，方使你整個人為之擊垮。於是，這是公路。我似在追尋全然未知的遙遠，卻又不可測的觸摸原有的左近熟悉。

有時一段筆直長路，全無阻隔，大平原（The Great Plains，如愛荷華，內布拉斯加，南達科打）上的風呼呼的吹，使我的車行顯得逆滯。為了節省一些車力，遂鑽進一排貨櫃車的後面，讓前車的巨型身體替我遮擋風速。當前行的五、六輛貨櫃車皆要超越另一部慢速車——如一輛老夫婦駕駛的露營車（RV）——時，你會看到每一輛貨櫃皆會先打上好一陣左方向燈，接著很方正的、很遲鈍的、很不慌不忙的進入內車道，超過了那輛慢車，再打上一陣右方向燈，再進入外車道。就這樣，一輛完成，另一輛也完全如此，接著第三輛、第四輛、第五輛，然後是我，我於是也不自禁的很方正的、很不慌不忙的，打燈、換道、超前、再打燈、然後換回原道。完成換道後，我聽到前行的貨櫃車響了兩下喇叭，又看到駕駛的左手伸出在左後視鏡前比了一比，像是說："Good job!" 我感到有一絲受寵若驚；他們竟然把我列入車隊中的一員。

再美好的相聚，也有賦離的一刻。這樣的途程持續兩三個小時，終於他們要撤離了。這時我前面的貨櫃車又很早打起右燈，並且在轉出時，按了兩聲喇叭，如同道別；我立然加上一點速度，與他們平行一段，也按了兩聲喇叭，做為道別，以及，道謝。

我在路上已然太久，抵達一個地點，接著又離開它，下一處究竟是哪裡。

這是一個我自幼時自少年一直認同的老式正派價值施放的遼闊大場景，是 Ward Bond、Robert Ryan、Sterling Hayden、Harry Dean Stanton 等即使是硬裡子性格演員也極顯偉岸人生的闖蕩原野，是 Sherwood Anderson、Nelson Algren、Raymond Carver 文字中雖簡略兩三筆卻繪括出既細膩又刻板單調的美國生活原貌之受我無限嚮往的荒寥如黑白片攝影之遠方老家。老舊的卡車，頹倒的柵欄，歪斜孤立的穀倉，直之又直不見尾盡的 highway（公路）與蜿蜒起伏的 byway（小路），我竟然毫不以之為異地，竟然覺得熟稔之至。而今，我一大片一大片的驅車經過。

河流中，人們垂釣鱒魚，而孩子在河灣中游泳。一幢又一幢的柔軟安適的木造房子，被建在樹林之後，人們無聲無息的住在裡面，直到老年。樹林與木屋，最最美國的象徵。許多城鎮皆自封為"Tree City, USA"。如 Ann Arbor，如 Nebraska City。太多的地名叫 Springfield，叫 Woodstock，叫 Mount Vernon，叫 Bowling Green。太多的街名叫 Poplar，叫 Cherry，叫 Pine，叫 Sycamore。而我繼續驅車經過。美國小孩都像是在 tree house（樹屋）中遊戲長大，坐著黃色的學童巴士上學。簷下門廊 (front porch) 是家人閒坐聊天並茫然看向街路的恬靜場所，這習慣必定自拓荒以來便即一逕。每家的信箱，可以離房子幾十步，箱上的小旗，有的降下，有的升起，顯示郵差來過或還沒。無數無數的這類家園，你隨時從空氣中嗅到草坪剛剛割過的青澀草香氣，飄進你持續前行的汽車裡。

啊，美國。電影《意興車手》(*Easy Rider*) 中的傑克・尼柯遜感嘆的說：「這曾經是真他媽的一個美好國家。」(This used to be a helluva good country.)

如今這個國家看來有點臃腫，彷彿他們休耕了太長時間。愛荷華畫家 Grant Wood (1891–1942) 所繪 American Gothic 中手握草叉的鄉下老先生老太太，不在農莊了，反而出現在市鎮的大型商場 (shopping mall)，慢慢蕩著步子，兩眼茫然直視，耳中是 easy listening 音樂（美國發明出來獻給全世界的麻醉劑），永遠響著。坐下來吃東西時，舉叉入口，咬著嚼著，既安靜又沒有表情。光陰像是靜止著的。這個自由的國家，人們自由的服膺某種便利、及講求交換的價值。家中的藥品總是放在浴室鏡櫃後，廚房刀叉總是放在一定的抽屜裡，每家一樣。冰箱裡總放著 Arm & Hammer Baking Soda（「手臂與鎯頭」牌的烘烤用蘇打粉——用來吸附臭味），每家一樣。而我，驅車經過。

累了。這裡有一片小林子，停車進去走一走。樹和樹之間的地面上有些小花細草，伸放著它們自由自在少受人擾的細細身軀。不知道在哪本嬉皮式的雜書上看過一句話：「如果一腳踩得下六朵雛菊，你知道夏天已經到了。」

停在密西西比河邊，這地方叫 Natchez under the Hill，沒啥事，撿了一塊小石，打它幾個「飛漂」，然後再呆站一兩分鐘，又回返車子，開走。

常常幾千哩奔馳下來，只是發現自己停歇在一處荒棄的所在。

一波起伏的丘岡層層過了，不久又是一波。再不久，又是一波，令我愈來愈感心魂癡蕩，我不禁隨時等待。難道像衝浪者一直等待那最渾圓不盡的浪管；難道像飽薰大麻者等待 Jimi Hendrix 下一段吉他音符如鬼魅般再次流出？

我到底在幹嘛？我真要這樣窮幽極荒嗎？

在路上太久之後，很多的過往經驗變得極遠。它像是一種歷劫歸來，這個劫其實只有五星期，然再看到自己家門，覺得像是三十年不曾回來一般。

在路上太久之後，很多的過往經驗變得極遠。好些食物，後來再吃到，感覺像幾十年沒嘗過般的驚喜。抵西雅圖後在朋友家吃了一顆牛奶糖，幾令我憶起兒時一樣的泫然欲淚。

在路上太久之後，很多的過往經驗變得極遠。我在車上剪指甲，這裡是佛芒州的Norwich，突然想，上次剪指甲是何地？是Charlottsville？是Durham？抑是Oxford？

有些印象竟然很相似。今天中午進入一個小餐館，竟覺得像以前來過；一樣的長條吧台，一樣的成排靠窗卡座，收帳台背後的照片擺設竟然也一樣，甚至通抵這餐館的街道也一樣。但跟哪一家餐館相像？卻說不上來。我只知道，這個鎮我從來沒來過。

八百哩後，或是十二天後，往往到了另一片截然不同的境地。

三十個八百哩之後，或是三十次十二天之後，景色、植物或是碾死的動物最後全都不見了，剩下的只是一股——一股朦朧。好像說，汽車的嗡嗡不息引擎轉動聲。

——第一屆長榮環宇文學獎首獎作品
——一九九八年九月六日《聯合報．副刊》

作者簡介
舒國治

一九五二年生於台北，祖籍浙江。一九七〇年代以小說〈村人遇難記〉嶄露頭角。原有意投身電影，終返寫作。一九八三至一九九〇年，長達七年的時間他浪跡美國，鑄煉出不與世俗相同的眼界閱歷、胸襟格調。一九九八年獲「長榮環宇文學獎」首獎之〈遙遠的公路〉可為此期間生活與創作的寫照。近十年舒國治出版了《理想的下午》、《門外漢的京都》、《台北小吃札記》、《流浪集》、《遙遠的公路》等書。

返台後，舒國治不做朝九晚五的工作，他依著自己的節奏，自在閒適地喝茶、吃飯、睡覺、走路。所以大部分的時間頗能以一雙遠遊異國後的眼睛窺看台灣，在城鄉的街巷、歷史的角落行走，從各種層次，尋找生活的軌跡、生命的屬性、世間的奇趣。

網路上流傳這樣一段：關於舒國治，我們知道的真的不多，只知道與他聊天時，有幾次聽他不斷讚嘆：「嗯，這厲害，這厲害……」聽著都覺得好笑，不過就是一些平常事吧。某日朋友聚會，舒國治也在其中，大家天南地北無所不談，不知怎麼談到法國，有人說起法國建築，先說羅浮宮，後來又說龐畢度中心的設計師，然後就停住了，因為怎麼都想不起設計師的名字，這時舒國治緩緩開口：「我記得其中有一個好像是叫做甚麼 Renzo Piano 的……」屋主在書架上翻查資料，果然拼字絲毫不差。大家都忍不住讚嘆：「嗯，這厲害，這厲害……」

作品導讀

浪遊者的精神

不斷地跨越州界，在無邊際的行旅中釋放自己，因抽離原來的生活軌道，而認識自己原本未知的，及原本以為熟悉的。這不是青年人的探險，而是中年人的浪遊。文章最動人的地方在筆法與精神情調——以恰到好處的節奏、影像，呈現一個浪遊者(wanderer)的眼目心思。

本文一開筆就把讀者帶上駕駛座，聚焦在公路奔馳的駕駛的眼光。隨著駕駛一起看到子彈掃射過的路牌、插地入天的彩虹、一整排倒立的凱迪拉克、大雨籠鎖的灰暗、山稜後透出的黃澄澄光芒。懷俄明州、猶他州、德州、蒙塔拿、阿拉巴馬……無意義的州名，穿插在變化的風景、敘事性認知及洪荒漠漠的感覺裡，竟像是有情的地標。

自始至終在公路上奔馳，隨處靠泊，隨興徜徉，「車燈投射所及，是為公路，其餘兩旁皆成為想像，你永遠不確知它是甚麼」，這就是無目的地的浪遊。某些時刻的「光暈及氣溫教人癱軟，慫恿人想要回家」，但浪遊者沒有家。浪遊者的人生在追尋，不斷地追尋，注定風塵僕僕抵達一地，又要前往下一地。小鎮咖啡館的杯子形體、與加油站老闆寒暄的內容、偶爾扭開收音機聽到的吉他演奏、追隨大貨櫃車超車換道的畫面，都是襯映旅程，使之立體、生動的重要細節。這些，不是刻板的旅遊資料，也不是沙龍照，這些成了反映浪遊者個性的部分。

作者也描述河灣樹林之後的住家，但那是別人的家：童在家庭裡有制式的上學之路，老人的光陰茫然而安靜，在同一個區域，幾乎每一個家庭的生活步調和擺設都一樣。「而我，驅車經過。」他不一樣，他在起伏的岡巒間奔馳，像一個衝浪者。「衝浪者」的意象扣住了浪遊主題，浪遊者的精神是不以異地為異地，不以荒棄的所在為陌生，每一個八百哩或十二天之後，都進到「另一片截然不同的境地」。

本文描述的路途遙遠，但詞語比例精確，令人全心接收，起無盡遐思。

小津安二郎之味

陳黎

從小，
父母親常帶我到市區一家日本料理店用餐，
每次去，
父親都點大同小異的幾樣料理，
外加一點點酒。
和善的老闆親切地用日語和父親交談。
坐在窗明几淨的店裡，
我常想這寧靜的家庭之餐是人生最大的幸福。

衛星電視上又要演小津安二郎的電影，幾個預告的片段出現在螢光幕上。母親說這部看過了；我說上次看的是《秋日和》和《秋刀魚之味》，這部是《彼岸花》；父親說小津安二郎的電影看起來都很像。

的確，小津安二郎的電影看起來都很像。簡單而類似的主題，重複的演員，重複的場景——不是家就是辦公室，不是辦公室就是小酒館或料理店；攝影機固定地從人跪坐在榻榻米的高度平視前方，鏡頭上所見盡是日常生活的平凡事：聊天、喝酒、吃飯。在這樣一種單調、封閉的情境中，生命的主題反覆地被上演著：愛、婚姻、友誼、孤獨、死。如此地單調、沉靜，以至於如果你發現自己在看戲，你會覺得不耐或打瞌睡。

然則小津讓他的觀眾用各自的生活經驗來體會、包容他電影中的平淡。幾年前，我借了一些小津電影的影碟回家，由於沒有中文字幕，我請父母與我同看，順便幫我翻譯。好幾夜，我發現母親邊看邊打呵欠，但她還是打起精神看下去，不忍破壞她兒子的雅興。

喜愛小津電影的觀眾都很容易為他電影中傳遞的對無常、不如意的人世的悲嘆，對維持生命中美好記憶的努力而感動。在電影《秋日和》的末尾，守寡多年的母親帶著即將出嫁的女兒，到昔日住過的風景區做她們最後一次單獨在一起的旅行。一群畢業旅行的中學女生，在旅社裡唱著淒美的青春之歌。歌靜人息後，女兒說畢業旅行雖快樂，但旅行結束前夕的惆悵卻令人不快。她問母親有沒有這種經驗。早先，這位母親為了讓女兒安心嫁人，謊稱自己已有合適的再婚對象，如今她告訴女兒不必擔心她的孤獨，因為她有死去的父親做伴，不會寂寞。她輕拭淚水，微笑地告訴女兒這次旅行真愉快。第二天早晨，即將結束畢業旅行的學生們在湖光山色間拍照留念，旅社裡母女們靜靜地用餐、聊天、回憶，母親再一次告訴女兒她會永遠記得這次旅行。

從小，父母親常帶我到市區一家日本料理店用餐，每次去，父親都點大同小異的幾樣料理，外加一點點酒。和善的老闆親切地用日語和父親交談。坐在窗明几淨的店裡，我常想這寧靜的家庭之餐是人生最大的幸福。結婚後，我也常帶著妻子、女兒去這家店吃，只是現在換成老闆的兒子用台語和我招呼交談。我也跟父親一樣點大同小異的幾樣料理，外加一點點酒。坐在熟悉、安適的店裡，我真希望好景常在。

那一天路過，卻看到門口掛著「整修內部，暫停營業」的牌子。等到重新開業，一家人高興地前往，發覺裡頭的裝潢、擺設與從前頗有差異。年輕的老闆依舊和善地前來招呼，點完菜，他抱歉地說他們的店讓給別人了，他們準備搬到國外，這幾天特別來幫新店主的忙，並且向舊客人道歉問候。

那一餐我吃得有一點恍惚。我想到年輕的老闆跟他父親殷切的待客之情，我想到小津安二郎的電影，心中一股說不出的味道。

——《陳黎情趣散文集》，印刻

作者簡介

陳黎

本名陳膺文。一九五四年生，台灣花蓮人。台灣師範大學英語系畢業後返回家鄉執教。著有散文集《聲音鐘》、《詠嘆調》、《陳黎情趣散文集》、《陳黎談藝論樂集》，及詩集、評介集十餘種。譯有《拉丁美洲現代詩選》、《辛波絲卡詩選》、《聶魯達詩精選集》等。曾獲國家文藝獎、吳三連文藝獎、時報文學獎、聯合報文學獎、梁實秋文學獎翻譯獎、金鼎獎等。學者許俊雅說，陳黎的散文時時可見詩的小精靈穿戴起五彩斑斕的服裝，著重於生活隨機的感想，從瑣碎細微處下筆，而開發出啟迪人生的悟理。

陳黎早年主編花蓮文化中心叢書，堅持高規格的文學品質，不受人情請託，把關甚嚴。近年策劃太平洋詩歌節，展現藝術行政的長才，很受詩壇稱道。有關他的生活趣談，一是來往各地堅持不搭飛機，除應邀參加鹿特丹詩歌節那次例外；二是隨性穿著，以一雙拖鞋走天下，除了像在國家演奏廳登台朗誦詩這樣的場合例外。在本質上，陳黎是個永遠的頑童。

作品導讀

安和寧靜的況味

小津安二郎是日本享譽國際的導演，本文藉觀賞小津安二郎的電影品味人生，以小津電影之家常平凡，表達人生往往也是沉靜、平淡的，然而人生還有一種說不出的況味正在這平淡之中。

作者的筆法巧合小津安二郎的運鏡手法：面對電影的預告訊息，母親怎麼說，我怎麼說，父親怎麼說。第一段看似順手拈來，而小津電影的主題場景已自然呈現。

第二段介紹小津電影的場景與主題。第三段從作者對小津電影的體會，聯結到他與母親一同觀影的情景，很自然地將得自電影的間接的藝術經驗與現實生活直接的經驗結合起來，讀者不只是思考小津電影的內涵，是在思考作者的人生情景。這一表現方向在文章後半部更為明顯，本文不是小津電影的導讀，而是陳黎心靈圖像之妙諦也在此。

第四段以小津代表作《秋日和》為例，正如作者所表述的「喜愛小津電影的觀眾都很容易為他電影中傳遞的對無常、不如意的人世的悲嘆，對維持生命中美好記憶的努力而感動」，文章勾勒電影情節，歌靜人息，微涼之夜、微涼之心，充滿秋的意境。

「旅行」是人生象徵。電影中的旅行情景說的是一個家庭的故事，作者由是接續自己的家庭故事：作者一家人常去一家日本料理店用餐，從小時候到結婚後，沒甚麼兩樣，父親點大同小異的幾樣料理，他也點大同小異的幾樣料理，人生之路大同小異，人間情景也大同小異，大同小異中有一種安穩恬適、彌足珍貴的幸福感。「我真希望好景常在。」誰不希望！原來人生如常，能夠擁有，這就是小津安二郎之味。但此味果真能常在嗎？場景會變，人事會變，很多情景只能存在記憶裡回味，雖然教人恍惚，但拭去淚水、抹去惆悵，依然安和寧靜，這更是小津安二郎之味。

荷盡菊殘

徐國能

那些碩美的果實，
應該才是生命最終的富足與寧靜，
而新的生命，
不也孕育在這種平實的燦爛中嗎？
著眼於此，
似乎代表衰疾意象的秋冬景，
也不那麼可哀了。

前些日子，母親指著月曆說已經「白露」了，該把長袖衣服準備著。仔細一看，還真是如此，只是在南國的台灣似乎並沒有「露從今夜白」的特殊感受，秋光裡的西風殘照還很遙遠，炎熱的夏天好像永遠過不完。夜來偶有幾陣風雨，明天依舊是湛藍得發燙的天，在亞熱帶的國度裡，月下的一片白露只能在我們的心裡沁涼。琦君女士在她的名作〈母親的書〉一文中曾說：「每回念到八月的白露、秋分時，不知為甚麼，心裡總有一絲淒淒涼涼的感覺，小小年紀，就興起『一年容易又秋風』的慨嘆。」我覺得這句話真是生動，秋天本來就是一個易感的季節。

因為秋的易感，所以在文學裡有太多關於秋天的詩，幾千年來在字裡行間透露清淡而略帶憂愁的情懷。經常有人問我一個令我有點尷尬的問題：「文學究竟有甚麼用？」以前，我常會搬出一大套在書本上學來的理論，從「蕭瑟兮草木搖落而變衰」的比興，說到「菡萏香銷翠葉殘，西風愁起綠波間」的寄託，說得對方頭昏腦脹，最後不得不承認文學的偉大，以便趕緊脫身，逃之夭夭。但我現在改變了策略，直接告訴對方：「文學其實真的沒甚麼用。」不過，如果對方還有心情，我便會告訴他這個故事。

那年系上的楊老師辦理退休，我們在簡陋的教室裡舉辦了歡送茶會，楊老師是溫厚的長者，每個人都有許多不捨，前面陳列著老師的著作，系主任細說了這幾年楊先生為系上付出的點滴心血，幾位論文給楊老師指導的學長姐亦發表了對老師的感謝之意，當時西風秋雨，氣氛漸漸凝重了起來，輪到鬢髮半霜的馮老師發言時，馮老師只說，這樣的場合讓他想起了一首東坡的詩，於是便以滄桑的長音慢聲吟哦：「荷盡已無擎雨蓋，菊殘猶有傲霜枝。一年好景君須記，最是橙黃橘綠時。」吟罷長揖，四座都沉寂了下來。

一生中有太多美好的一刻，然而甚麼是最值得去記憶的呢？相對於暮冬的蕭瑟，春華夏蔭的光景總是格外令人流連，沒有人不為逝去的美好而傷懷。但正是因為這種感情，反而使我們忽略了生命裡的豐收，那些碩美的果實，應該才是生命最終的富足與寧靜，而新的生命，不也孕育在這種平實的燦爛中嗎？著眼於此，似乎代表衰疾意象的秋冬景，也不那麼可哀了。馮老師沒有多說甚麼，但我當時心中的確充滿溫暖，彷彿和千百年前的詩人雙手緊握，因為我們面對的是相同的人生風景，在這風景中，我們因生命的渺小短促而遺憾，但詩人的眼睛卻看出了遺憾外的永恆價值，這個價值，讓我覺得人生的每一剎那都是那麼豐富與偉大。

茶會最後，楊老師說：「教書一輩子，最後一刻還是改不了喜歡糾正學生的毛病。」他指著海報上的「歡送茶會」說：「是不是改成『惜別』會比較妥當呢？」我們一時都笑了，但隨即感到一些沉重，彷彿剎那別離之情滿溢燈下。而人生始終是在別離中度過以及完成的，惜字也許是可惜那些美好的結束，但何嘗不也是同時意味著珍惜更多美好的到來？

以後，每當我參加這類迎新送舊的場合，一定仔細思考那些海報標語是否準確與恰當，而每當有人問我「文學有甚麼用」的時候，我總是想起，在流轉的四季與生命裡，荷盡菊殘的時節，那些圓熟燦爛的生命智慧所給予我的深深鼓舞和感動。

——《第九味》，聯合文學

作者簡介

徐國能

一九七三年生於台北市。東海大學中文系畢業，台灣師範大學文學博士，現任教於台灣師範大學國文系。曾獲聯合報文學獎、時報文學獎、教育部文學獎、台灣文學獎、文建會大專文學獎、全國學生文學獎等。著有散文集《第九味》、《煮字為藥》、《寫在課本留白處》等。

用作書名的單篇散文〈第九味〉，以人生的味蕾、味外之味，在文學獎評審會曾贏得五位決審委員一致的讚賞。董橋推介《第九味》：「滿紙精緻的懷舊和精緻的感悟，連文字都有本事經營得又現代又古雅，彷彿時髦大飯店的餐後甜點竟是一道早歲巷口叫賣的烤白薯。」

徐國能同時具備古典詩文功力，以杜甫詩研究著稱。第二本散文集《煮字為藥》，呼喚讀者重視語文境界，講究修辭、應用的方法，就展現了這位年輕學問家沉潛的古意。

由於對寫作的矜持，對文學情懷的敬重，徐國能在大學考試中心評閱作文，是屬於不能容忍文筆輕佻、文意缺陷的老師。

作品導讀

最是橙黃橘綠時

本文借秋景說人生的意義、文學的效用。先從「白露」這一節氣翻案：白露是陰曆八月十五日「中秋」之前的一個節氣，杜甫詩「露從今夜白，月是故鄉明……有弟皆分散，無家問死生」，但台灣的夏天彷彿過不完，戰亂的場景亦已久遠，西風殘照的興亡感慨自然是沒有的。雖說沒有離亂興亡之感，如此一勾描，一種大情懷也就一併帶出了。露從今夜白既非實際的感受，就是心理感覺了。

這樣開筆既是要由秋天的詩、秋天的易感引出「文學究竟有甚麼用？」的問題，也是讓讀者閱讀先有一個踏實的立場：想想在台灣的我們如何看待秋天？

第二段，「文學其實真的沒甚麼用」，是作者的詐術、「誘敵深入術」，你若真以為作者這麼認為，那就差矣。「蕭瑟兮草木搖落而變衰」出自宋玉〈九辯〉，「菡萏香銷翠葉殘」出自南唐中主詞，前者表現放逐在外之悲傷，後者表現美人遲暮的感慨。作者引導讀者從「秋意淒寒」思索「韶光憔悴」，然後講了一位老師退休的事，詮釋生命沒有永遠的茂盛，但在平實中有燦爛，在記憶中有富足與寧靜。

本文題目擷自蘇東坡詩「荷盡已無擎雨蓋，菊殘猶有傲霜枝……」，枯荷殘菊雖一無憑依，卻仍有風骨，下兩句：「一年好景君須記，最是橙黃橘綠時」，「橙黃橘綠」指的就是秋天，最當珍惜。文學有甚麼用？文學就像我們要珍惜的老教授的心血智慧，文學不是表層的娛樂，是深層的啟示。作者不用說理的方式，而用楊老師退休事當例子，生動多了。特別拈出楊老師將海報上的「歡送」字樣改成「惜別」，也是要扣住本文對人生風景的珍惜，從短促易逝的遺憾中翻揚出鼓舞人的力量。

最藍

周芬伶

S，常常感到你在這附近遊走，
你透過電視機螢幕對我低語，
或在水中，
水藍的湧泉，
深藍的倒影，
每次從珍珠之門走出，
我的靈魂經過一番洗滌，
是可以成仙成蝶，
與你共翱翔。

接近凌晨路過中港路，四周幾乎燈滅，只有霓虹燈詭魅地閃爍，在一片漆黑中，陸立一棟高樓，層層燈火通明，透明的玻璃帷幕裡有些人在跑步，遠遠看去像凌空騰躍，有些人在騎腳踏車，他們像奧林匹克的神祇，健碩悠閒，無憂無慮，S，這是夢嗎？在夢中我見到天堂。

再來談那本母親與死去的兒子的陰陽對談，兒子形容的天堂，是比人間更優美更寧靜的異次元空間，房屋建築景色與人間無異，只是那裡的人可以穿牆走壁。人在親密的人死去時，似乎可以感受那個世界如實地存在，一般人會說這是迷信，迷信也罷！他們哪裡明白倖存者能得到亡者的一句話，是如何安慰，可以解救他不再墜入痛苦的萬丈深淵。

第一次尋找通靈者溝通亡者，是在年輕時情人驟然喪生，一句話都沒留下。好幾個月沒有辦法脫離痛苦又怨恨的情緒，來到通靈者面前，她的眼光銳利又慈悲，說我的靈魂已矮到剩幾公分，再不自救十分危險，她幫我尋找亡者的訊息，在一陣閉目沉默與緊皺眉頭後，她睜開眼睛說，她看到他站在西方的天父身邊，並交代三件事，那三件句句切中要點，而且是存在我們之間的密語，當她說到，亡者說：「琴弦已斷」，我像被閃電擊中，它像一句偈語，說明著生者的執迷，一廂情願難回天，可不是情弦已斷！

S，幽冥如真有入口，上窮碧落下黃泉，不過是要得到一句話。我覺得你的話汩汩不斷，毋需通靈，我自明瞭。

我決定走進那棟天堂大樓，經過繁瑣的手續，照了兩次相，終於取得進出天堂的許可證。我換上白衣白褲白跑鞋，只差沒有裝上翅膀，拾級而上至二樓，但見空曠的大廳擺著好幾台跑步機，我稱之為太陽神的戰車，跨上它你可以騰雲駕霧，那裡的人幾乎不交談，各踩各的，近十台大電視輪流播放，奇怪的是，只有畫面沒有聲音，我的左右分別是 **DISCOVERY** 與 **HBO**，螢幕上出現的字幕如同幽浮發出的宇宙密語：

……海獺是大自然最厲害的建築師，牠們可在兩天內咬斷一棵樹，一年咬斷兩百棵樹，不久，屬於牠們的水壩將會完成，這是牠們私有的基地，沒有人可以侵入……凱莉，你非跟那個俄國人去巴黎不可嗎？你忘掉了自己是誰！米蘭達，為甚麼你總要跟我唱反調，你有丈夫，夏綠蒂也有，連莎曼珊都有愛她的人，而我難道要抱著我的書虛度一生，我只是去追求我的生活！凱莉，是他的生活，不是你的！……公麋鹿的鹿茸還沒長出來，牠追著母麋鹿到水邊，有時牠們彼此追逐，一起沉入水中，這對青梅竹馬的小情人，還沒有修好戀愛學分，甚至還不能懷孕，但牠們彼此跟隨好幾年，直至愛情的箭射中牠們，現在牠們決定一起橫渡草原……凱莉，我花了很多時間才來到這裡，請讓我說完，我愛你，十分確定，我曾經錯待你，請你原諒我……你又在開我玩笑了對不對，在我夢醒之前請重重地捶我一下……公野牛常以打鬥作為遊戲與練習，這隻母野牛生下小牛後，先要吃掉胎盤，但是牠吃錯了瑪蒂的胎盤，瑪蒂嗅到自己的胎盤，認錯母親，想吃母親的乳，卻被母牛生氣地趕跑，這種錯誤常在草原上發生，但過不多久，每隻小牛都會找到自己的母親，一切步上正軌……大人，為了我你會離鄉背井被放逐到遠方，這樣沒關係嗎？為了我你會過著吃草根的日子，變成賤民，這樣沒關係嗎？長今，沒關係，就是因為你，所以沒關係……

這樣複雜且濃密的感情密語，令人無法承受，看我已是氣喘吁吁，汗流浹背，這時下雨了，雨水沿著玻璃帷幕，形成盛大的水簾，整個天堂彷彿在哭泣，我得離開這地方，走進到處是水藍光的池子，先泡進冷水池，再泡進溫水池，這裡裸體的夏娃四處遊走，少女的纖美固然令人讚嘆，但最令人驚駭的是七八十老嫗的身體，她們像鱷魚一樣渾身斑紋皺摺，無視於他人的注目，美與醜的極端一樣偏激震撼。剛才在大廳跑步，那老嫗就在我身邊跑，以極緩慢的速度慢跑，她的背已弓，還能做這種運動，除非是神人，可是這裡的人都不交談，帶著自己的裸體優閒地走來走去。只有在蒸氣區，她們變得有點焦躁，溫度實在太高，這裡離太陽很近。

所以我要到更大的泳池游泳，這裡男女老少都有，池畔種滿熱帶植物，不敢相信這裡有火鶴花和雞蛋花，坐在躺椅上，我大都會想到兒子，並傳簡訊給他，如果沒回答，縱身跳入憂鬱深藍水池往至藍中游去。在沒離開家時，常跟兒子一起游泳，他老愛在水中捉我的腳，每捉到一次喊一次媽媽，是否他在泳池游回子宮，不斷找機會喊我。我們的天堂必有土耳其藍的泳池，一個永遠長不大的孩童，一個永不老去的媽媽。

S，常常感到你在這附近遊走，你透過電視機螢幕對我低語，或在水中，水藍的湧泉，深藍的倒影，每次從珍珠之門走出，我的靈魂經過一番洗滌，是可以成仙成蝶，與你共翱翔。

遂覺得街道格外晦暗，燈光一片模糊，人臉布滿陰影，被框在灰黑的天空中。人是該經歷一些事，抽離五濁惡世，找一個自創的天堂讓靈魂休息一下。那次我們要去香港，到機場才發現港簽過期，兩個人提著行李都不甘心回去，於是轉往花蓮，看山看海泡溫泉，女人真是水做的，一見水就往裡走，就算是大海，也毫不猶豫往裡走。

那時我們對於妻子的角色十分厭膩，寧願說謊也不願回家。我發現你善於說謊，連一絲罪惡懷疑也無。我不知你為甚麼要一步一步將我們拖離家庭。近四十的女人逃家像小學生逃學，編各種無奇不有的謊言。我們的丈夫不能算不愛我們，但婚姻到了十幾年，不知何時丈夫變成老師，散發著納粹氣息與斯巴達精神，那令我們自我退化的到底是甚麼？

是奧賽羅的陰魂不散，讓同床共枕的人變成敵人，不！這樣說對丈夫那方不公平，好幾次你逃到我台中住處，你的丈夫像得了重病，以微弱的聲音到處打電話找你。我們相互掩護，站在同一陣線，一同對抗老鷹捉小雞的丈夫，為甚麼男女關係是這麼可悲？

只能說，我們的性別關係令男女漸行漸遠，我們的社會不夠成熟到讓夫妻在婚姻關係中找到幸福。

你以死亡結束這種可悲的關係，而那無怨無悔守在病床邊看你閉上眼睛的是你丈夫，老鷹捉小雞的遊戲終於結束，你的丈夫成了完美無缺的聖人。

而我們變成罪人，表面上我們逃避家庭，逃避作為母親與妻子的責任，事實上是死神在後面追趕，如果我知道死神追你這麼急，我會更包容你的乖張。有些種族，人知道自己將死，會爬至亡靈齊聚的山巔，在大自然中等待死亡，在《楢山櫛考》影片中，老母親想爬到山上等死，兒子百般阻撓，拗不過母親，只好背著她一步一步走向山頂，將她放雪地裡。兒子不捨，母親一直趕他回去，她要自己面對死亡。

死前的執著乖張，我終於懂得，原諒我沒有陪你上山。我的祖父在死前，性情大變，總是要出去，把每個親友看一遍，不管別人有沒有空，說來就來，從台灣頭一路訪親到台灣尾，撿回許多紙屑，他說是愛惜字紙，好幾次在熟悉的城市走失，被警察帶回來。他在找尋他的死亡之巔，卻沒有人懂得。

S，原來我們的情緣，是為學習死亡功課，我一次又一次遭逢死神，狡猾地逃開，沒有勇氣直視。所以必須一次又一次重修，你來告訴我，死亡一直在那裡，我們以美食美衣麻醉自己，以旅行逃逸，以愛情遠走高飛，但是它一直在那裡，從來沒有離開。我們活著感受死亡，將它視為生命的一部分，並自創一個天堂。

現在讓我再一次穿越珍珠之門，走到十台電視之前，聆聽宇宙密語，有時你在第一台：

……你害怕嗎？我很徬徨，你很徬徨嗎？我很迷惘，你很迷惘嗎？我很害怕……

有時在第二台：

……全省各處發現紅火蟻，正午地震超過七級，錢櫃KTV週年大優惠，王子與公主之戀受矚目，總統金孫滿兩歲了……

有時你在第三台：

……真言宗的弟子為追求死後肉身不朽，通常在最後階段，展開長期的絕食，他們喝的水是法師指定的溫泉水，其中含有砷，它可造成緩慢的死亡，還可殺死體內器官的細菌，這時只吃松樹皮，其中的松脂亦是上好的防腐劑，如此他漸漸走上死亡，並完成肉身不朽……

當我被混亂的話語攪得無所適從，只有靜心聆聽尋覓，你是那場雨吧！溫柔地包裹整個世界，自己卻哭得那樣傷心；或者你是那扯動風鈴的風，叮叮噹噹似有奧義在其中，我維持聆聽的姿勢，直到背脊一陣痠麻。

——《母系銀河》，印刻

作者簡介

周芬伶

一九五五年生於屏東。政治大學中文系畢業，東海大學中文研究所碩士，現任東海大學中文系教授。早年曾以「沈靜」為筆名，現用本名發表散文及小說。作品以散文集為主，包括：《紫蓮之歌》、《仙人掌女人收藏書》、《母系銀河》、《汝色》、《戀物人語》、《絕美》、《熱夜》、《花房之歌》、《花東婦好》等，另有小說集、少年小說、劇本、文學論著多種。曾獲吳濁流小說獎、中國文藝協會散文類文藝獎章、中山文藝散文獎、吳魯芹散文獎，作品選入國中、高中國文課本及各種選集。曾成立「十三月戲劇場」，擔任舞台總監。

周芬伶的筆觸曾經沉靜絕美、柔情婉轉，經歷婚變與心靈挫傷之後，更見深沉的指涉、悲喜炎涼的關照，她誠懇袒露自我生命軌跡的表現，使她成為女性書寫的代表人物。在朋友眼中，周芬伶有輕靈純真的本心，也有迷魅不安的野性，能靜能動，能孤獨也能熱鬧，交織成阿盛所形容的「雍容氣自華」的情趣與情調。

作品導讀

沉浸到心靈最深處

〈最藍〉的場景是一座玻璃帷幕的健身大樓，裡頭有一座座水藍光的浴池、泳池。下雨天，當雨水在玻璃帷幕上形成一道水簾，作者恍惚覺得這就是夢中的天堂，類如她的朋友S所去的地方。她的朋友S是一個在婚姻關係中並不快樂的人。藉由朋友的死亡，作者思索人間倫理、男女關係，健身大樓的水池變成生命池甚至就是子宮的象徵。所謂「最藍」的詞義，是貼近生死的最近處，對已逝者最深最深的思念。

首段以眼見的實景開始，引導進入心理情境。第二段是與主題有關的閱讀經驗，「異次元空間」指另一個世界，不同於我們居住的三度空間。主要探討的課題為：生者亟求與亡者溝通，渴望得到一句放心的話。然而，生死兩隔，溝通何其渺茫，古人上窮碧落下黃泉，本文作者何嘗不是？她的心思彷彿裝上了翅膀，翱遊在假想的天堂；她節錄健身房左右兩台電視螢幕的字幕，以AB、AB或ABC的順序，穿插錯置那些感情密語，關乎追求、愛戀、繁衍、生殖……正是人生的映現。在具有生命象徵的泳池旁，作者沉浸到心靈最深處，遂不免想起她尚未離家前與兒子相處的一幕，字裡行間壓抑了一位母親的憂鬱，透露出水藍光。S既是一位女性友人，未嘗不是作者自己的化身。妻子的角色當如何，婚姻的狀態、家庭的認知又當如何？從何深究、憑甚麼深究？文中有非常深沉的人性掙扎、女性意識。

「五濁惡世」是佛家語，指眾生所居住的地方，眾生皆有惡業、愛欲、邪見……等五種濁惡。〈奧賽羅〉是莎士比亞著名悲劇，主角即奧賽羅將軍，因誤會之妒火而殺了自己的妻子。

文章結尾時，筆鋒再一次回到電視螢幕前，不管是哪一台字幕打出的話語，不管那些話語多麼混亂，因作者思之至深，所有影像聲音似乎都是所思之人所傳達。作者不說自己多麼傷心，而只將傷心之感寄寓在雨的、風鈴的意象裡，渴切而隱忍，實是高明的筆法。

直貢梯寺的天葬

謝旺霖

果真有撲天蓋地的鷹鷲降臨天葬場嗎？
是巧合，
抑或冥冥中的安排。
你仔細觀望四方山嶺上的動靜，
始終追索不到鷹鷲現身的可能，
只有幾隻烏鴉零星的盤旋黯空，
難道西藏人把烏鴉當成鷹鷲了？

沿著墨竹工卡縣城旁的雪絨河谷，上溯東北方約六十公里，便能望見那依山而建，坐落在峻嶺之上的直貢梯寺，聽說這裡有座天葬台與印度的斯瓦采天葬台共同馳名於世。

你從山腳下的門巴村向當地人打探上山的消息，人群一圈圈好奇探頭圍擠著，但沒人真的理會你，除非你肯亮出鈔票請他們帶路。你只好選擇離開，逕自去探路了。村落後方看似有條隱約的小徑，你嘗試往上爬了一會，旋即又不安地回頭，下邊恰巧路過一位揹著竹簍的婦女，見你踟躕的神色，她便揚手朝上一揮定指，你對她點頭示意，懸宕的心才總算是放下了。

太陽光束密密包裹在雲層裡，少許的光暈憂鬱地渙散而開，四周山勢覆滿了清雪，唯獨直貢梯寺立處的這座山岡，絲毫還沒有半點斑白的跡象。

你專注精神地踩著石塊，手扳著裸岩，攀爬至山腰氣喘吁吁，抬頭儘管望見那近在咫尺的直貢梯寺，卻好像怎麼爬也無法接近它。這彷彿是一條仰天的路途，食肉者空行母已然在此設下了千萬重疊障，只准靈性和頓悟之人才能抵達。

驀然間，一個紅衣身影輕快迂曲而下，沒多久一位福態滿盈的胖喇嘛就站在你頂頭的巨岩上，彎腰伸出他粗厚的手臂。你順著力量被拉到他的身旁，仍是一副缺氧慘白的表情。他靜靜地握著你冰涼的手（送出一股通達的熱流），拍拍你的頸背，指頭彈擊你的額頭。你竟然沒有任何的畏縮與不悅，反而有種奇異的幻覺翻過了腦海。待你重新回神，想對胖喇嘛說聲謝謝，他已先行一步朝山下離去了。風在高處敏捷走竄，你額上的汗水不斷往耳側流，反覆聽到那彷彿是僧侶寬大衣袖拍打的聲音，卻無法辨識它從哪個方向來。

終於舉步進入直貢梯的寺區，刺鼻的屎尿臊味接踵迎面，瞬時把一路積累的莊嚴想像，全部都埋進茅坑裡。茅坑出入口正對著這一列拾級而上的階梯，旁側幾十米即是直貢梯的大殿。你坐在殿前的台階休息啃乾糧，幾位佝僂的藏民手擎著瑪尼筒繞轉走過，紅衣喇嘛走過，野狗也往返在你面前走晃數回，似乎刻意地把你當成空氣了，一切竟是那麼淡然，寂寥，直貢梯寺有種甚麼都不重要的氛圍，但這裡卻是西藏魂靈嚮往歸宿的地方。

當你辦理住宿登記時，扎西果芒大殿裡響起一陣號角與法螺，門外的喇嘛們紛紛戴起月牙鬚邊的高帽。聽說他們準備在經堂內舉行薦亡儀式──「抛哇」，這種儀式必須由資深的僧人領頭誦禱超渡的經文，接著「呼，呼，呼──」在死者頭頂上吹出七口氣，以助死者靈魂從天靈蓋上逸離肉體，導入天、人、阿修羅（三善趣）的境域。

經過這樣儀式後，次日清晨，那得道的肉身才能移往天葬台做最終的處理。

清晨的溫度仍在冰點十度以下，燥寒的空氣如刀鋒一樣恆常銳利，黑暗與氤氳瀰漫了整片視野。你頂著微弱的頭燈，遠遠緊跟著一幫藏人隊伍，步上扎西果芒大殿右側一條不起眼的小徑。點香的引路人領身在前，隨後一人扛著沉甸甸蜷曲的布包，想必那應該是待會要「受禮」的主角吧。

走著走著，你的嘴唇倏然感到一陣疼痛撕裂，半夢半醒的倦容就醒轉了。你大口地仰著頭喘息呼吸，忍著絲絲腥血的氣息。沿途不時可見地上疊著三角狀的瑪尼石堆，像給過路人壓驚，又彷彿是給靈魂的引導。

隨著荊棘叢中散落的破衣碎布毛髮紙幣愈來愈多，山側陡坡上的岩塊也開始交錯出現一些幽微的神明顯影——釋迦牟尼，蓮花生大師，白度母，綠度母，金剛法王，但似乎誰都無法庇佑你，你的腳步總被雜生的荊棘灌叢絆住，數度落後那即將消逝於黑幕一端的送葬隊伍。你幾乎忍不住地想放聲大叫，反覆睜眼閉眼盼求這只是一場夢醒後的夢。

然而，這一切依然是那麼清晰，心跳，喘息，冷風中不由自主的牙顫聲。「不要打擾死者休息。」你到天葬場圍欄邊就不敢再繼續往前走了，謹記當地人的告誡：若沒事先徵得天葬師和死者家屬同意，最好識相點離天葬場遠一些，否則難保旁觀者不遭死者家屬拿起石頭狠狠驅離。

揹屍人一放下肩頭的布包，目光即瞥見了遠遠站在鐵欄外的你，驟然天葬場內所有的人也都面無表情地往你站的方向凝看。你木定在原地遲遲不敢抬頭，直到他們各自再忙起儀式的工作。

果真有撲天蓋地的鷹鷲降臨天葬場嗎？是巧合，抑或冥冥中的安排。你仔細觀望四方山嶺上的動靜，始終追索不到鷹鷲現身的可能，只有幾隻烏鴉零星的盤旋黯空，難道西藏人把烏鴉當成鷹鷲了？

梵音流轉，渡亡的經文誦完，天葬師隨即「煨桑」圍火，在松柏香堆裡撒入些三葷三素，混著糌粑焚燒。白煙突突冒升，轉成透白慵懶的蛇腰狀，再漸漸地朝遠方暈散進你的鼻息裡。眼前的儀式，彷彿只是一場充滿味道的睡眠。

天地似乎還在等待些甚麼，五色的旗幟在風中招展。猛然間，四方空氣起了劇烈地鼓譟，視線所及的山嶺線外連續飛騰出滿天伏兵般的鷹鷲，橫展著六七尺的羽翼，迎著天空剛綻開的紫靛光翱翔盤桓，嚇得周遭原本靜寂的烏鴉驚出動人心魄的哀叫聲。

鷹鷲們賡續井然地落身列隊在天葬師身後，灰褐色的毛雪緩緩搖盪而下。你的眼皮應和著鷹鷲健壯拍翅起落的節奏不禁顫抖著，可在場的藏人目睹這種景況，無不是一臉低調滿意的神情。

穿著紅袍的天葬師左手拿著彎鉤，右手持著銀刃，光線從他腳下的地平線斷然升起，茂黃的草尖上顯露微潮的露光，他彷彿是遺世獨立跨站在這生死之界。他是神選的人。

上百隻鷹鷲早已煩躁地不斷鼓翅拍翼，牠們僅僅被一條細線與天葬台隔開。天葬師隨侍在旁的兩位助手趨前，掀開裹屍布，你根本來不及辨識那張是溫暖抑或嚴肅的臉龐，一具如胎兒般蜷縮屈肢的身體就無力地霍然仆倒在石台上。根據西藏人的信仰，這種屈肢姿勢象徵著死者將回歸最初母胎裡嬰兒的模樣，兩手卑微的拳握在腮下，表示來世願再投生為人。

屍身背朝天際被安置妥當，鷹鷲們的吆喝便震響整片山頭，喚醒了整面雪絨河谷。利刃先在它的頸後劃下第一道口子，彎鉤剮住了乾萎的屍肉，一刀沿著臂膀，一刀溜著大腿中線，砉開，一刀一刀。你可知道那一刀刀地砉，是要讓人給活轉過來的嗎？刀鋒在它肚腹裡的那一刀吃得特別深沉，抽開後五臟六腑便無助地溢流在地上。一個完好人形的軀體，須臾間，所有的重負都透過天葬師的巧手被釋放下來了。不分男女老幼尊卑貴賤都被釋放下來了。

天葬師躬身退步，待旁人手中兩端的掛線一脫落，他嘴裡立馬高聲大呼：「咿啊，咿——啊」，只見鷹鷲們飛快地穿破結界，開始撕咬大啖著每一吋陰白晦暗的屍肉。你可知道那一口一口地噬，是要讓人給活轉過來的嗎？牠們緊抓著體膚相連的毛髮，沾血的塊肉，呻吟的骨骸，那樣興奮地用爪指猛抓，啄食，牠們背著晨曦閃爍如亂竄的黑焰狂舞，要燃放那想飛但永遠都無法飛的血軀。

一陣陣腥味，被搶食的鷹鷲拍翻到更遠的四周，你緊忍著胃膛裡酸氣翻攪，再抬頭時，那肉身已化為一付白骨斑斑。

天葬師彷彿一道紅焰烈火走入場中，驅離意猶未盡的鷹鷲們，他的兩位助手麻利地把黏附薄肉的骨架鋪在石台上，用石槌奮力地搥碎，「糌粑，和一些」，顱骨勃啦散碎，眼珠彈出，那搥碾，打磨的聲音，一下又一下。你可知道那一搥一搥，是要讓人給打醒轉過來的嗎？把骨頭從碎片，打成粉末後，攪著糌粑掃著地上的血泊，準備給鷹鷲們一次吃個精光。

這種將屍體徹底處理殆盡的狀況，聽說不僅代表死者肉身的純淨（生淨，死淨），還關乎到天葬台的威信——人神兩界的鷹鷲使者，若能把肉體食盡，逝去的人將無所保留，也無所戀棧了。但若這些神鷹沒有把屍體順利食完，為了避免帶來不吉利的兆頭，天葬師則必須奮力地再次煨桑祈禱，請求鷹鷲繼續吃食。

鷹鷲可知那不是牠們的獵物，不是獻祭，而是藏人們長久以來對神對自然的回歸的允諾。廣場內，最後留下了一灘餘血和殘毛。吃撐的鷹鷲拖著雙爪在場中左右搖晃，還有的鷹鷲覬覦地展翅在半空騰旋。血腥的氣息迴盪空中，久久不散，滲透你的記憶中，匍匐在每個毛孔上。

一場生命從有到無，又從無至有的過程，膚肉裡有些微微的痛楚。這是真的嗎？是幻覺，抑或是你當場觀臨的切膚之痛？但死人哪裡會痛，不過都是你的想像罷了，你對於肉身仍是一種執念。但你竟有些甚麼從內部裡悄悄融解，並感到一股暖流。死亡所給你的暖流。他們在草原上奔跑，在帳棚裡打酥油茶，在寺院前磕頭，然後回到這裡，死亡。

無所不在的佛家有言：「願凡夫的言語，無礙聖眷的飛翔。一切護法的哀憫下，願有緣的讀者，願你的眼神保持應有的肅穆。你的嘴唇溫熱，不要讓脫口而出的聲響，驚動沉寂中無常的輪轉。」

嗡嘛呢叭咪吽，無常的輪轉。當這場儀式結束，沒有任何人應該感到哀傷嗎？該如何悼念充塞在大氣中那久久不散的魂靈呢？也許對西藏人來說，死亡並非生命的終結，而是預示新生命的開始，所以他們才能無眷無顧地捨下死後的大體，進入自然鏈的循環，這種方式似乎更完滿實踐了用肉身作為布施的精神。

塵歸塵，土歸土，接受天葬的人歸於天，有空翱翔。萬物息息相關，從可見到不可見，從生至死，從破碎到完整。

你突然多少有點領悟了那肉體最終的消逝，不過是轉換一種形式，重新演現在人間，激起一種超越肉體層次的神喻。那滿山滿天活躍躍的鷹鷲身上，此刻都帶著獻身者的一部分，獻身者無所不在。鷹鷲是家人。一個結束扣連著無數的開端，鷹鷲展翅所劃開的天際，是創傷後的縫合，黑暗強制再生的光明。

曙色頓開，回程的路上，另一隊天葬的人馬正準備趕赴天葬場。你在狹窄的山徑中讓道時，再次看到一個蜷曲的包袱，它輕輕擦著你的臂膀而過，輕輕的，只是你這一次更不會看清楚它的模樣。

那行列裡，突然有個男子轉過頭問你：「有沒有上天葬台睡一會？」睡一會？你不解其意地看著他。他似真似笑的態度回答：「睡過才有保佑啊！這樣表示你以後可以死得很好。」面對這處之泰若的表情，你悵然自覺到底如何也還無法像他們那般知命，儘管人生盡頭，那已是一條被認許和祝福的歸途。

那是生命赤裸裸的示展，從有到無，又從無至有，你正面對一個踟躕的分界點。你的肉還是溫的，身骨還是硬的，你去思索輪迴，而輪迴留下了你，留下的人，是為了一分完整的體會。然而，眼前的天空只是亮晃晃的有些暈眩。

——《轉山》，遠流

作者簡介

謝旺霖

一九八〇年生於台灣桃園。東吳大學政治、法律雙學士，清華大學台灣文學研究所畢業。二〇〇四年獲得雲門舞集「流浪者計畫」贊助，因為流浪，才開始邁出文字創作的生涯。是一個興趣廣泛、喜歡閱讀、看電影、聆賞音樂、寫詩及散文的新銳作家。曾獲文建會「尋找心中的聖山」散文首獎、桃園文藝創作獎、國家文化藝術基金會文學類創作及出版補助，著有散文集《轉山》、《走河》。

謝旺霖騎單車遠赴西藏高原，從中國雲南麗江出發，翻越滇藏邊界數座四千公尺高的大山，抵達「天國之城」拉薩，完成如同藏民虔誠祈福的「轉山」儀式，據說只花了一萬多塊錢。他挑戰陌生克服艱險的行動，具有夢想與毅力的象徵；他的心靈追求與洗滌，具有鼓舞年輕人「走出去！」的啟示性；他從政治法律系畢業後轉而研究文學，固然因為興趣，何嘗不是價值觀的抉擇。

作品導讀

超越肉體層次

二〇〇四年，本文作者獲得雲門舞集「流浪者計畫」資助，以兩個月時間完成「騎單車到西藏」的艱難旅程。回來後，他寫了十八篇文章，記錄獨特的見聞經歷，自我的試煉、質疑，想像、超越。本文為其中之一，回顧流浪，瞻望死亡，呈現的正是另一型的秋景。

蔣勳說，作者「用第二人稱的『你』稱呼自己，像是看著另一個『我』，有了反省與觀察的距離」。

直貢梯寺依山而建，坐落在峻嶺之上，那裡有世間聞名的天葬台。作者跟隨「一幫藏人隊伍」走向天葬台，嘴唇撕裂「忍著腥血的氣息」預告出感官心理，山坡上的「神明顯影」則將意識拉高到神界幻境。除了死者與天葬師，文中最重要的角色是騰飛於天空的鷹鷲。作者也確實花了筆墨，成功營造出鷹鷲現身的氣勢：「果真有撲天蓋地的鷹鷲降臨天葬場嗎？……始終追索不到……難道西藏人把烏鴉當成鷹鷲……天地似乎還在等待些甚麼。」待鷹鷲現身，「連續飛騰出滿天伏兵般」、「煩躁地不斷鼓翅」，又是另一番奇景。天葬師切割屍體以及鷹鷲撕咬大啖屍肉的細節，不遺漏任何一刀、任何一髮一肉，包括天葬師如紅焰烈火的意象，死者顱骨被搥碾、打磨的聲音，在在扣人心弦。作者描寫血腥的氣息，不僅「迴盪空中」，還「滲透進記憶」，「匍匐在每個毛孔上」。所謂細膩，由此可見。

這樣一場儀式，如果沒有生命觀照的意義，那就只是滿足感官好奇。本文在場景描繪中卻有一份深刻體會，那是生命從有到無，又從無至有的過程，從當場觀看的痛楚想像，思索破碎、無常、肉身布施、輪迴。「那滿山滿天活躍躍的鷹鷲身上，此刻都帶著獻身者的一部分，獻身者無所不在。鷹鷲是家人。一個結束扣連著無數的開端……」這一段真有示現說法的妙諦。

劫

陳大為

充滿天文學色彩的宇宙觀，
大模大樣的構築在宗教想像裡頭，
究竟是東傳的古希臘文明，
抑或是恆河沙數引發他們的天文術數？
謎底早已消逝在無量劫以前……

佛經裡最吸引我的，不是教義，不是佛陀的本生故事，是一個詞：「無量劫」。天下沒有比「無量劫」更遼闊的詞，才三個字，即把生命的主觀想像拓展到宇宙無數次生滅之前，遙遠得令所有凡夫甘心放棄計量，坐下來，展開簡單而老實的臆想。你嘗試假設一個畫面：斗室裡的修行人，在四十燭光的夜裡翻開經文，無從估量的時間感，便在誦讀中輻射開來，形成獨立的小宇宙。這裡頭，有一股不可言說的玄妙，和美感。

要將這分玄妙的美感跟婆羅門教繫連在一塊，真的十分吃力。這偉大的事跡完全可以歸納為傳說或純屬虛構，但我相信，那位謠傳中的婆羅門教大師在智慧運轉得最淋漓盡致的時刻，在大象不怎麼平穩的背上，開示他的門徒：我們的宇宙每歷經一「劫」便毀滅，然後展開新的循環，這一趟生滅，得花四十三億二千萬年。人世間的諸多功業和苦難，都是微不足道的，我們的一輩子變得難以形容的短暫和渺小。

誰呢？哪個不怕死的小子敢問問大師，他如何推算出這個時間刻度？如何揣想大梵天的一日，相當於人間的數十億年？大梵天都在做些甚麼事呢？如此漫長的一日，如此漫長的一輩子……

充滿天文學色彩的宇宙觀，大模大樣的構築在宗教想像裡頭，究竟是東傳的古希臘文明，抑或是恆河沙數引發他們的天文術數？謎底早已消逝在無量劫以前……

這個劫，後來傳承給暢飲同一款生鮮牛乳、斗量同一條恆河沙數的佛教大師。這概念實在太迷人了，非常識貨的佛教智者從婆羅門教先賢手裡毫不客氣的接了過來，把它區分得更細微、更精密，必須借助數學的公式才能勉強演算，但始終離不開這個生滅循環的宇宙觀。數學使狂想具體化，可眺望，可觸摸，被清楚理解，和掌握。不過，佛陀偶爾會超越文學語言和數學演算的局限，告訴祂的門徒：「乃至算數譬喻所不能及」。這無量的說法很高明，而且動人。

我的佛陀，在《金剛經・能淨業障第十六》裡有一段話，讀過之後會在腦袋裡生根，怎麼忘也忘不掉。佛陀是這樣說的：「我念過去無量阿僧祇劫，於燃燈佛前，得值八百四千萬億那由他諸佛，悉皆供養承事，無空過者。」佛陀努力演述一個以燃燈佛為中心的古老宇宙，早在無量阿僧祇劫以前，祂自己就供奉過八百四千萬億那由他諸佛。暫且不去理會經中的哲理和大意，專心想像龐大數字背後的故事，想像一些比釋迦牟尼資深的無數古佛，和祂們的古老宇宙，便能產生一種恢宏、虛幻，史詩般的感受。

佛陀，當然是真實的。

劫，絕對是虛幻的。

明知虛幻，卻煞有其事的敘說一件無量劫以前的典故或佚聞，佛陀的表情，因此有了比神話更渺遠、更迷幻的魅力，像一塊讓晨曦斜斜穿透的金黃色琉璃，彷彿將時間封存在裡面，極其緩慢地流轉。總覺得無量劫以前的傳說，是現在進行式的；被傳誦的古佛們，在我們每一次的誦讀中趁機活絡筋骨，甚至從字裡行間溜出來，伸伸腿，露露臉。

在人的知識之外，佛的經文之中，我們變得異常渺小，我佛卻遙不可及。

無量劫，亦是感覺與想像的距離。

當年佛陀在舍衛城的「祇樹給孤獨園」說法，說到諸佛菩薩弘法時的見聞與無量劫之前的事跡，信眾們會有甚麼樣的感動？他們會天真到相信那些無法印證的事實嗎？我未曾被任何一則佛陀的本生故事，或眾菩薩的善行感動過，不管是摩訶薩埵的捨身飼虎，或尸毗王的割肉餵鷹（即使我把這些故事都寫成詩）。這些超乎常人的言行舉止，讀起來比較像是後世高僧編輯出來的宗教寓言。至於種種消災救難的傳說，只會令我氣憤，既然佛法無邊，應當是萬能的，為何會有災難呢？難道我們又得端出業力之說？

儘管我並不相信無量劫以前的種種，但它的構想確實充滿吸引力，要是少了無量劫的背景，佛教的世界和歷史就失之簡陋，過於平實。漢傳佛典和後世的中文論述，有許多縝密、敬畏的用詞，好比「殊勝」和「莊嚴」，固然充分表現出佛徒對美好事物的感受，但它太拘謹，嚴肅的修辭遮蔽了真實的情緒。因此我才特別喜歡「無量劫」，三個字，卻讓佛陀的宇宙有了一個無比遼闊的視野，和無止境的想像。那就是一種無量的自由。

——《火鳳燎原的午後》，九歌

作者簡介

陳大為

一九六九年生於馬來西亞。台灣師範大學文學博士，現任台北大學中文系教授。著有散文集《流動的身世》、《句號後面》、《火鳳燎原的午後》，詩集《治洪前書》、《再鴻門》、《盡是魅影的城國》、《靠近羅摩衍那》，人物傳記《靈鷲山外山：心道法師傳》，及學術論著多種。曾獲台北文學年金、聯合報散文及新詩首獎、時報散文及新詩評審獎、世界華文優秀散文盤房獎等大獎。

儘管一般人認為陳大為寫作散文的題材筆調，比起詩要來得輕鬆自在，不乏眼目所及的情趣經驗，但整體觀之，歷史文化仍是他感興趣的題材，計畫寫作仍是他採行的方式，知識系統的建構與神仙鬼魅的想像，也仍是他的思想軸心。和寫作史詩的企圖一樣，他寫散文的野心也不小。

在現實生活中的陳大為，儒雅帥氣，溫和內斂，不太看得出詩文所呈現的雄圖霸氣。散文家鍾怡雯是他的妻子，文壇稱美的金童玉女。

作品導讀

對時間的想像

這一篇散文哲學意境優美，主題是對宇宙時間無窮盡與人生極渺小短暫的思索，作者藉「劫」這一表示時間的詞語，展開一個遼闊的宇宙性的想像。但讀者須對其中詞語有一些知覺敏感，才容易體會；閱讀的思維不是感官外放的，而是精思內斂的。

「無量劫」：劫是極長的時間單位，佛經說人世間經歷成、住、壞、空四個階段叫一劫。本文說「這一趟生滅，得花四十三億二千萬年」。劫之上再加一「無量」，人無法計量，當然就放棄計量，只能臆想了。

「大梵天」：指清淨無欲的空間，梵是淨的意思。道家說「山中一日，世上千年」；佛家展開的竟是「大梵天的一日，相當於人間的數十億年」。

《金剛經》敘述佛陀在舍衛國祇樹給孤獨園，和一千多位有德行的人（大比丘）講解「無上正等正覺」之法。這部經告訴我們世事無常，不要迷戀假相，它的精華就在下面這首偈語裡：「一切有為法，如夢幻泡影，如露亦如電，應作如是觀。」本文作者引述《金剛經》中一小段佛陀的話，部分詞語較難懂，一併解釋於下：「阿僧祇」是無窮極之數。「那由他」也是數目，或說一萬萬，或說百億、千億。「燃燈佛」，全身有光彷佛身邊燃著燈的佛，祂是為如來佛授記之師。

「舍衛城」：是一個都城名。「祇樹給孤獨園」是祇陀太子布施的一片樹林，林中有精舍，是邀請佛陀說法的場所。

「摩訶薩埵的捨身飼虎」和「尸毗王的割肉餵鷹」，都是佛經裡著名的故事，前者以自己的身體餵養飢餓的老虎，後者割下全身的肉換得老鷹不吃鴿子，講的都是犧牲自我普救眾生的悲心。

劫，原本是一個抽象的詞語，作者竟能發揮想像，以真實的情緒展現魅力，格局恢宏奇偉。

附錄　落花時節又逢君——追憶與創作

主講人／陳義芝　記錄整理／賴志穎

年輕時，
人總是期望離開，
年紀大了才會有回返的念頭，
這無關對錯，
但反映了人生發展的不同階段。
年輕時如能多創造經驗，
年老時就有豐富的回憶。

春天，蘭陽平原上，剛插入土壤的秧苗一片翠綠，只需農夫照顧得宜，幾個月後，就會結實纍纍。春天，也是台積電青年學生文學獎的徵獎季節，主辦單位邀請作家進校園，向莘莘學子講述寫作經驗，如農夫照顧新苗，期待他們能在創作的路上擁有豐碩的果實。詩人陳義芝以「落花時節又逢君——追憶與創作」為題，於羅東高中，和十六七歲、如秧苗般美麗的青春男女們，分享如何將個人的記憶和日常生活的體驗，融入詩和散文的創作中。

追憶，人生所不可免

追憶，是人生不可免的事情，陳義芝說：「追憶是對難以挽回的生活碎片（如古厝、殘垣、石碑、荒地、遺物），重新加以連結、想像的創造過程。每個時刻都在失去，因此每個時刻都不免成為日後的追憶畫面，剛剛在羅東高中的走廊，我看見掛著幾幅學生拍攝校園的作品，下面附上了幾行詩，這些人文之美，加上中午和校長、老師討論文學教育的情景，都深入我的腦海，可能成為將來創作的斷片。此刻我這般描述，已經是追憶。」

「以文字描述追憶，並不局限在特定文類中。」陳義芝以擅長的新詩和散文兩種文類先作說明。他認為，寫散文，須具備娓娓道來的基本功夫，以白描寫下自己所見所思，加上時空事件有清楚的邏輯，自然就會動人。「散文要求啟示和趣味，必須讓閱讀者共鳴。」他說。為何強調啟示和趣味並重？因為文字的遊戲性質不若音樂和美術，若沒有啟示性，文章會缺乏內涵、深度。他還補充名詩人余光中的說法：「散文，是作家的身分證。」進而道出散文寫作所需的真誠和摹寫的功力，正是作家的憑證。

對於新詩，陳義芝特別強調，是曲達的，新詩寫作相對於散文而言，比較強調象徵、暗示，「但這並不表示，新詩用字必須隱晦扭曲。」話鋒一轉，他指出了剛接觸詩的創作者的通病，年輕詩人往往認為新詩的語句，必須拿腔捏調，或省文略字，對陳義芝而言，新詩求精鍊，卻不在濃縮到不成詞、不成句的地步。讀者在一首詩中往往最先看到景象和符號，如果能用適當的字句傳達作者的心思，一個更遼闊的想像空間便會在讀者眼前開啟。

情境改變，形成對照

前陣子，陳義芝遠赴大陸徐州參觀西漢楚王墓，見到許多陪葬印章，有文武百官的，也有婢女衛士的，藉由這些印章，參觀者和楚王宮廷遂產生了跨時空的連結，「連結過程需有想像參與，文學就產生於此幽微之處。」他說。〈封印——回到西漢獅子山楚王墓〉一詩，即是參觀這座古蹟博物館所寫的，著眼於一堆陪葬用的印章，首節「我把你縮小了帶在身邊／食官衛士都在／服侍的丫鬟各以一枚小小的印／也留在身邊」，「你」是楚王心愛的人，而今無法將你帶在身邊，只能將代表你的印章帶在身邊。逝去改變了生時的情境，逝者企圖重建仍然在世時的局面，又翻轉出另一種情境：無法讓生前的人繼續陪在身邊，只能將一枚一枚印章留在身邊。這首詩的思想源起就在：人生是難以忘記的，人情是永遠追憶的。詩從楚王的角色發聲，演繹楚王身後的那段歷史。

追憶當然不限於今人。演講主標題出自杜甫詩〈江南逢李龜年〉：「正是江南好風景，落花時節又逢君。」安史之亂前，杜甫曾在京城看過著名音樂家李龜年的表演，不幸遭逢亂世，杜甫在江南看到他貧困潦倒，撫今追昔，心有所感，因而寫下這首詩。此詩以「安史之亂」前後，作為追憶時空上的對照，「同樣的，年輕和年老是個對照，當代人寫作，農業時代和工業時代的不同風情也可以是對照。」陳義芝說。

談完情境對照，接著談比喻——將難以言表的情意投射在具體物象上。「詩最基本的特徵就是意象，意象說白了就是比喻，象徵和暗示可以通過比喻而達成。」陳義芝以諾貝爾文學獎詩人聶魯達的生活為背景拍攝的電影《郵差》為例，影片中有段關於「比喻」的劇情。聶魯達隱居在義大利的某個小島上，信件仍然很多，郵局不得不派一名年輕人馬里歐當他的專屬信差，他發現，寫信給聶魯達的人，幾乎全是仰慕他詩作的女性，於是請教他如何寫詩。聶魯達說，**metaphor**，意思是要懂隱喻，簡單地說：多練習比喻。陳義芝解釋，比喻就是尋找審美替代物，是十分日常的修辭技巧，口語都常在使用。如「做牛做馬」、「膽小如鼠」，都是很常見的比喻。

年輕時要創造未來的回憶

不論在詩作或在散文中，好的比喻總能讓人眼睛一亮。他以洛夫的詩句為例，「玫瑰枯萎時才想起被捧著的日子／落葉則習慣在火中沉思」呈現兩種生命型態，看起來彷彿寫景，但文學創作所有的寫景都是寫情，「文學」就是「人學」，這首詩中的「玫瑰」指的是人的青春，美麗姣好，亦有父母呵護，然而這等美好只有過了青春年少才在追悔中有所體會。第二句的落葉則比喻暮年，指人到了老年，當落葉化為灰燼，仍在思考這一生是否薪盡火傳，陳義芝感嘆道：「年輕時，人總是期望離開，年紀大了才會有回返的念頭，這無關對錯，但反映了人生發展的不同階段。年輕時如能多創造經驗，年老時就有豐富的回憶。」

此外，陳育虹的〈印象——夢蝶先生臥病初癒〉，記述探訪詩壇耆老周夢蝶先生病後的狀況，幾乎通篇使用比喻，「他已經瘦成／線香／煙／雨絲／柳條／蘆葦桿／瘦成冬日／／一隻甲蟲堅持的／觸角」，這首詩表現周夢蝶先生的瘦，以各種具體形象，比喻的先後排列，象徵大病復原的階段。「冬日」指的更是精神之瘦，甲蟲的觸角象徵他對文學的堅持，亦指詩人對世事、對文字的敏銳，此兩句之間不但換行也換節，給了讀者不同的想像空間。面對這樣一首好詩，他也指出：「詩的開頭最難寫，寫一首好詩的靈感絕對不是憑空而來，靠的是平日的累積。詩句會在水到渠成那一刻，從筆尖生出。」

以知識加強追憶的深刻

「楊牧曾區分散文為小品、敘事、寓言、抒情、議論、說理、雜文等七個品類。即使各自有別，都不免使用到追憶的辭彙。」陳義芝以名家作品舉例：周作人是小品文的代表人物，作品〈故鄉的野菜〉用到了「想起浙東的事來……」為追憶空間定位；夏丏尊的〈白馬湖之冬〉是敘事文類的代表，文中使用「在我過去四十餘年的生涯中……」

帶領讀者回顧他的過往；寓言代表作者許地山、抒情代表作者徐志摩當然也不可免，連擅於議論的林語堂，在其〈國文講話〉中，為了舉例，也得使用「追憶」的情節。陳義芝說到這，特別期勉同學在寫議論文時，要多從累積的知識中舉例，文章才不致流於空泛，補習班或是作文範本過於常用的例子最好避免，一方面太多人使用，容易造成平庸的閱讀印象，另一方面，若不是自己的親身經歷，難免流露造作之感。

幾年前，陳義芝的小兒子因意外去世，經過哀慟的沉潛反思，他漸漸能面對兒子離去的事實，於是完成幾篇悼念亡兒的詩和散文，詩作〈哀歌〉和散文〈為了下一次的重逢〉就是這段時間所寫的，他說：「散文的內容不只是描寫，還要兼具知識性和思考性。」他在這篇散文中，不斷質問死亡和重逢，彌補個人感受之單薄，以求追憶的深刻性，最終體悟到心道法師所言：「人的緣就像葉子一樣，葉子黃的時候就落下，落到哪裡去了呢？沒到哪裡去，又去滋養那棵樹了。樹是大生命，葉子是小生命，小生命不斷地死、不斷地生，大生命是不死的。人的意識就像網路一樣交叉，分分合合，不斷變化，要珍惜每一段緣。」

「人最可貴的就是有情。」演講到了尾聲，陳義芝再次勉勵同學：「相逢很難得，每個階段認識不同的人事物，都是記憶深處最可貴的資產，若能處處留心，就不會覺得沒有題材可寫，對人情世故的表達也會更圓熟、更自然。」

的確，落花時節又逢君，追憶不可免，世間的追憶無所不在。

——本文為「二〇〇八作家巡迴高中校園演講」之講稿，

原載二〇〇八年七月七日《聯合報・副刊》

青春散文選　吳岱穎、凌性傑／編著

本書精選三十位當代名家及高中散文獎得主作品，希望學生透過大量閱讀不同類型的現代散文，重新取回深度閱讀文學作品的能力。每篇作品均有兩位作者的深入解析，或者針對文章作法，或者揭露創作意圖，或者提示文學觀念、觸發不同的思考。不同於課堂上制式的閱讀，而是試圖以更輕鬆多元的方式，帶領讀者找回對文學的喜愛。

青春小說選　吳岱穎、凌性傑／編著

本篇收錄林育德、楊富閔、葛亮、張耀升、胡淑雯、賴香吟、郭強生、嚴歌苓、李昂、史鐵生、鄭清文、翁鬧十二位作家之代表作，以時間為主軸，按照作者出生年由近而遠排列。每一篇小說背後，暗藏作者的心靈映象，也負載了時代的縮影。這十二篇作品涵蓋了性別議題、職涯探索、多元文化這些面向，亦可藉由小說文本展開討論。

神探作文：讓作文變有趣的六章策略　林黛嫚、許榮哲／著

What（是什麼）、Why（為什麼）、How（如何做）、else（反之如何）四個辦案步驟如何和寫作扯上關係？本書的主角福爾摩斯接到德文郡警長的邀請，請他到德文郡來解決一件奇案。隨著案情越來越離奇，福爾摩斯面對這些懸疑難解的問題，竟然採用「作文」這個武器來與歹徒周旋！到底福爾摩斯如何利用寫作技巧來破案呢？快翻開《神探作文》，跟著福爾摩斯，一起當個「作文神探」吧！

台灣現代文選新詩卷

向陽／編著

本書以台灣新詩發展的導覽輿圖為經，百年來詩人的作品為緯，輔以深入的賞析與解讀，凸顯出台灣新詩發展的繁複根源，以及詩人風格的多樣表現。不只是當代台灣新詩文本的呈現，也是一本有意藉詩再現台灣歷史與社會形貌的詩選。以詩記史，以史鑑詩。

台灣現代文選小說卷

林黛嫚／編著

本書收錄賴和、王禎和、黃凡、駱以軍等老、中、青三代共十六位名家之代表作品，以時間為線索，依作者生年排列，呈現百年來台灣小說演變之樣貌。內容分為文本、作者簡介、賞析及延伸閱讀。書前導讀略敘現代小說發展的背景，並深入淺出地分析小說之創作原理。

文學小事——廖玉蕙教你深度閱讀與快樂寫作

廖玉蕙／著

廖玉蕙分享自身教學及寫作經驗，提供實際操作策略並例舉最新文體，揭櫫「讓語文教育回歸家常」理念，帶領讀者推開心靈之窗，放入奔湧的文學江流，眺望字句裡的壯闊蒼茫，寫下真誠的自我對話。

國家圖書館出版品預行編目資料

散文新四書：秋之聲／陳義芝編著.－－三版一刷.－－臺北市：三民，2021
面；　公分.－－（文學流域）

ISBN 978-957-14-7301-7（平裝）

863.55　　110015734

文學流域

散文新四書：秋之聲

編著者	陳義芝
總策劃	林黛嫚
發行人	劉振強
出版者	三民書局股份有限公司
地址	臺北市復興北路 386 號 (復北門市) 臺北市重慶南路一段 61 號 (重南門市)
電話	(02)25006600
網址	三民網路書店 https://www.sanmin.com.tw
出版日期	初版一刷 2008 年 9 月 二版四刷 2017 年 7 月 三版一刷 2021 年 10 月
書籍編號	S811470
ISBN	978-957-14-7301-7

三民書局